你是最好的妻子

一个真实的爱情故事

〔印度〕阿杰·K.潘迪 著

邢红梅 译

著作权合同登记号：京权图字01-2016-8437号
YOU ARE THE BEST WIFE: A TRUE LOVE STORY
Copyright © Ajay K. Pandey, 2015
Original published as *You are the Best Wife* in English by Srishti Publishers & Distributors
Simplified Chinese edition is published by arrangement with Srishti Publishers & Distributors
Simplified Chinese edition copyright: 2019 New World Press Limited
All rights reserved.

图书在版编目（CIP）数据

你是最好的妻子：一个真实的爱情故事 / (印) 阿杰·K.潘迪著；邢红梅译. -- 北京：新世界出版社，2020.1

书名原文：You are the Best Wife:a true love story
ISBN 978-7-5104-6990-9

Ⅰ.①你… Ⅱ.①阿… ②邢… Ⅲ.①长篇小说—印度—现代 Ⅳ.①I351.45

中国版本图书馆CIP数据核字(2019)第273437号

你是最好的妻子 ：一个真实的爱情故事

作　　者：	[印度] 阿杰·K.潘迪
译　　者：	邢红梅
策划编辑：	冀　晖
责任编辑：	冀　晖
责任印制：	王宝根
出版发行：	新世界出版社
社　　址：	北京西城区百万庄大街24号(100037)
发 行 部：	(010) 6899 5968　(010) 6899 8705 (传真)
总 编 室：	(010) 6899 5424　(010) 6832 6679 (传真)

http://www.nwp.cn
http://www.nwp.com.cn

版 权 部：	+8610 6899 6306
版权部电子信箱：	nwpcd@sina.com
印　　刷：	三河市骏杰印刷有限公司
经　　销：	新华书店
开　　本：	880mm×1230mm　1/32
字　　数：	170千字　印　张：9
版　　次：	2020年1月第1版　2020年1月第1次印刷
书　　号：	ISBN 978-7-5104-6990-9
定　　价：	35.00元

版权所有，侵权必究
凡购本社图书，如有缺页、倒页、脱页等印装错误，可随时退换。
客服电话：（010）6899 8638

献给哈娜的父母

永远感激你们,赐予我如此可爱的妻子

世上有两种性格：有些人什么都有，却仍然抱怨，仿佛一无所有；有些人失去一切，却活得貌似生命赋予了他们全部。有时一个灵魂中同时存在这两种性格。杀死第一种，我爱第二种。

——哈娜

目 录

序 /001

第一章 初逢哈娜 /003

恶作剧属犯罪行为 /005

初逢哈娜 /014　筹备迎新晚会 /022

先锋电脑学校与"梦幻客机" /032

最浪漫的时刻 /039

交友容易，保持友谊却很难 /047

我该如何表白？/053　爱你，哈娜 /067

分手日 /073

欢迎来到爱情疯狂世界 /078

第二章 情感大戏 /085

为工作奋斗 /087

从海得拉巴到浦那 /099

从浦那到孟买 /109　战斗胜利一半 /114

第一次海啸 /124

情感大戏：第一幕 /130

从德里到赖普尔 /135　情感大戏：第二幕 /145

被子与内疚 /150

爱每一个人 /157

第三章　你是最好的妻子/163

幸福短片/165

生命的质量很重要/168

房子变成家/173　　婚姻生活与单身朋友/180

生活五彩斑斓/188　　可爱的女儿与准爸爸/192

哈娜的不眠之夜/201

为丈夫而战/209　　你是最好的妻子/214

美丽世界/222

第四章　生活的真相/229

世界真的很美好！/231　　生活最大的真相/235

她伤人的模样/240

爱，把我们变得世俗/246

代表哈娜/249

两个心碎的人，一个完整的承诺/252

以屏住呼吸的时刻来丈量生命/257

为正确的理由做正确的事/262

我可以宽恕，但永不投降/268

致谢：哈娜的话/277

序

2012 年 11 月 28 日　诺伊达富通医院

直到现在，那些记忆仍令我痛彻心扉。

在往富通医院内科 ICU 重症监护病房走的路上，我情绪激动，心跳加速，几分钟后便来到监护室门口，哈娜就躺在绿帘子后面。

"你得坚强冷静。哈娜的病情进一步恶化，我们打算给她上呼吸机。"医生关切地说，递来一份需要签字的文件。

我全身发麻，这些冰冷的字眼将我刺穿，血液仿佛凝固了。

"恢复的机会有多大？"我直截了当地问。

"不大。一旦情况好转，我们会撤下呼吸机，可她的状况越来越糟。现在的问题不是呼吸机而是感染。"

"哈娜这会儿还没上呼吸机吧，我能见见她吗？"

"正是为这事请你过来。只有当她开始恢复或者有好转迹象才能撤下机器，为避免呼吸机造成伤害，我们将实施麻醉，让她进入无意识状态。"

"要是没有好转迹象怎么办？"

"那就很遗憾了……"医生叹了口气，"这可能是你最后一次和她说话。"

我走到绿帘子后面想抱抱哈娜，但那样她可能会察觉到异样彻底崩溃，真是进退两难。我心情沉重地走到床前，哈娜正闭眼张嘴地躺着，唇角四周血迹斑斑。这是我一生中最恐惧的时刻，看着她那副挣扎呼吸的模样，简直令人抓狂！多么希望能把自己的呼吸和一部分生命匀给她，可什么都做不了，前所未有的无力感袭上心头。

"我爱你，哈娜。你是最好的妻子。"我竭力控制情绪。

她努力振作，拼尽全力，呼吸急促地在我耳边低语……

从那天起，我的生活发生了变化。之前及以后的经历迫使我写下了这本书——希望时光能够倒流，重温我和哈娜共同珍爱的所有美好时刻。

第一章
初逢哈娜

恶作剧属犯罪行为

学生一般分为三类：一类是很清楚自己想要什么，并会付诸行动实现目标；另一类是知道自己要什么，但从未去实现过；最后一种是我这样的——压根儿不知道想要什么。

从北方邦索尼巴德拉汉德讷格尔的中学毕业后，我与大家一样踏上了攻读工程学的传统道路——这根本无须做选择，学数学的人都会参加工程学校的入学考试，我也随波逐流加入到了激烈的竞争之中。

我参加了印度理工学院（Indian Institute of Technology，简称IIT）的入学考试辅导班，希望能考入该校并为此奋斗了整整两年。身为一个婆罗门，我总是在内心以最虔诚的声音向神祈祷，而神却听不到我说什么。

这次，我只求神一件事："神啊，保佑我考上IIT，保佑我考上 IIT。"

可悲的是，大概 IIT 和 IERT（Institute of Engineering and Rural Technology，工程与农村技术学院）听起来很像，对神来说太难分辨，于是它把 IERT 赐给了我。我猜神在雨季用的是印度电信（Bharat Sanchar Nigam Ltd，简称 BSNL）的接线员服务，当四周响起轰鸣的雷声，神听到的是 IERT 而不是 IIT。

因此我去了 IERT，但最后却意识到这正是我心之所属。不管怎样，当时我没有灰心丧气，用对 IIT 同样的热情和敬意接受了这所学校。之所以对 IERT 充满敬意，是因为当所有大学都对我关上大门的时候，只有 IERT 敞开了怀抱。

2003 年 8 月　阿拉哈巴德工程与农村技术学院

开学第二天，我来到宿舍。宿管员在接待处热情地欢迎我和老爸。

"欢迎来到国内最好的工程学院。"宿管员言语间散发着自豪感和成就感。

我看看老爸，宿管员的话令他骄傲得胸膛激动地起伏着。与萨钦·坦杜尔卡[1]类似，老爸患有一种名叫"紧张

---

[1] 又译萨钦·泰杜尔卡，印度板球明星。

90分[1]"的疾病，体重一直在 90 至 99 公斤之间浮动。看到儿子进入 IERT，老爸显然觉得自己迈入新世纪——我是潘迪家族中第一个学工程的人，他当然有理由激动，而且我终于考上大学，以后家里再也不用给辅导班送钱了。

"先生，新生受欺负的麻烦大吗？"老爸担心地问宿管员。

"您大可放心，最高法院已宣布将校园欺凌列为刑事犯罪。"宿管员说这话时给人感觉就像他与做出此项裁决的最高法院法官私交甚笃。

"老生也住这个校区吗？"老爸仍然很担心。

"是的，但不住同一个楼。"宿管员回答。

过了一会儿，老爸把我在宿舍里安顿好，我突然感到说教马上要开始了。

"索努，一定要好好学习，你正处于人生关键期，从现在开始，必须自己面对处理所有事情。不准抽烟！不准喝酒！不准结交坏同学！也不准交女朋友！咱们是普通家庭，你是我们唯一的希望。"老爸叹了口气。

索努是我的昵称。这番话令人惊讶，老爸未得到过进入专业学院深造的机会，这么说虽然富有感染力，却也造成了心理负担——突然间很疑惑家人为何要在我身上寻找希望。

---

[1] 板球运动常用，指攻方击球手在攻方击球局已得 90 多分，却急于拿下对整场比赛意义重大的 100 分，这时受到很大的压力，精神高度紧张，分析能力处于瘫痪的一种心理状态。

"知道了,爸爸。"我使劲儿点头,心里却清楚得很,自己才不会听他的话呢,点头完全是为了让他别再一遍遍重复。可是那一天,怎样都无法阻止老爸继续说下去。

"现在咱家所有荣耀都掌握在你手中,最后……"听到"最后"这个词时,我松了口气,"记住,孩子,你是我勇敢的儿子。"

说完这些令人"鼓舞"的话,老爸动身去了汉德讷格尔。

最后那句话让我百思不得其解,老爸为什么会说我是他"勇敢的儿子"?

当晚十一点左右,我来到宿舍公共休息室,看见许多新面孔,遇到了阿尔温德。

"你好,我叫阿尔温德·肖贝,来自汉德,计算机科学专业。"

"你好,老兄,我是阿杰,电子专业,来自印度国家电力公司(National Thermal Power Corporation,简称NPTC)的汉德讷格尔。"我回答说。

阿尔温德皱了皱眉:"全名就叫阿杰吗?"

"阿杰·潘迪。"

在阿拉哈巴德这种地方,姓氏很重要。人们可能会忘记你的名字,却能记住你的姓。我俩半抱了一下,确切点儿说是男人间的那种拥抱,来自同一个地方的归属感似乎使我们立刻亲近起来。

继续讲故事前,需要先介绍一下我的室友们,后面故事里他们的名字会经常出现。

阿尔温德·肖贝——我们来自同一个地方。他为人单纯,经常不够理智,从未经历过爱情和女生,二者对他来说如同希腊语般晦涩难懂。他身材魁梧,我们都认为他是萨尔曼·汗的克隆人。

高拉夫·辛格——与我一个房间,性格开朗,健谈,自信却糊涂。没人敢跟他说话,因为那意味着只有倾听的份儿。

迪潘德拉·辛格——我不愿意提及,在圣约瑟夫学校时他比我低一年级。辛格堪称女生分析大师。最让我不能忍受的是,他所知道的关于女生们的事情,谷歌上恐怕都查不到。他是与女孩说话的高手,毫不含糊。有时候我觉得如果 IERT 是一个只收男生的学校,辛格很可能会自杀。他身高约六英尺,瘦削英俊,为人精明。他使我意识到人的外貌其实很重要。

对不起啦,朋友们,我把你们描写成这样。如果你们当中有谁要起诉我,请记住:"上面所有文字都是虚构的。如有雷同,纯属巧合。"现在我要随意曝料,但你们清楚真相——我爱你们所有人。

晚上 11 点 30 分,我只穿了条短裤,迷迷糊糊刚要入睡,突然,一组六人男子团开始重重地敲每间房门,军人般地大声吼道:"所有人到走廊集合!行动!马上!"

吼声很吓人,但看大家都往走廊走,我也跟上了。我们贴着走廊墙壁站成一排。中间是高年级老生,他们看起来像土匪,而我们则像被抢劫的可怜村民在颤抖。

"第三个!不许看!"一个老生对我喊道。我像个战俘一样垂着头。

每个人都被要求按固定模式做自我介绍:全名、专业和出生地,我们很快就说完了。突然,一个老生用恐怖的声音指挥他的一个朋友:"关灯!"听到这话我有点儿放松,稍微抬起头来,但这只不过是暴风雨前的宁静罢了。

"脱衣服!"又一个老生喊道。

包括高拉夫在内,所有人都脱下了衣服。在此之前,哪怕是在最疯狂的梦境中,我也绝没想象过这种场面。现在我突然明白了为什么老爸称我为勇敢的儿子。

老生们把灯打开了,只有玛纳夫·巴哈杜和我还没脱。

"怎么,你需要特别邀请吗?"一名老生对玛纳夫喊道。

"不是这样的,先生。"玛纳夫回答。

玛纳夫和我只能乖乖顺从他们的要求。

"重新介绍!"一个老生喊道。

"阿杰·潘迪,主修电子,来自……"我话还没说完就被打断了。

"兰迪,他也姓潘迪。"一个老生看着六人中的另一人说道。

一个长着深棕色眼睛，脸上有很多粉刺的家伙朝我走来，他应该也姓潘迪。我惊呆了，如果明天同学们开始叫我兰迪怎么办？

当我正忙着思考潘迪和兰迪的时候，这家伙已站到了面前，我恐惧地请求诸神："哦，神啊，可怜可怜我吧！希望他和我是同种姓！"

"求求你，潘迪先生。"我乞求道。幸运的是，潘迪传说奏效了，他放开了我。

一个老生大喊道："新生，举起手来！"我们照做了，感觉就像我们惹恼了敌人。

"听着，新生，昨天我们解释过规则，今天还有补充。凌晨两点之前，任何人卧室房门不得上锁。在此之前，你们必须穿正装，不准穿休闲服。无论什么时间，只要听到老生喊，你们必须立刻站队，行动要像老虎一样迅速。"

"真是疯了！一会儿要我们像老虎，一会儿又要我们像绵羊。"我心想。

"今天允许你们早点儿解散，因为明早你们必须提前三十分钟也就是八点半到教室，在自己最喜欢的女生后面找个座位。这个女生就是你未来的'战利品'，所有住宿生都会帮你得到她。如果还有不明白的，或者几个人选了同一个女生，告诉我们，我们来解决。走读生不得接近任何一个被选中的对象，这些女生只属于住宿生。明白了吗？"

我们邪恶地笑了。

"还有问题吗?"一个老生问。

"恶作剧什么时候结束?"玛纳夫问。

一个老生走到玛纳夫跟前,掐住他的脖子喊道:"这是恶作剧?你们认为这是恶作剧?"

"告诉他为什么这不是恶作剧?"

几个老生把高拉夫拽了过来,高拉夫一声不吭。

"新生,听着,这不是恶作剧,这是训练!我们正在训练你们,让你们更强壮更聪明。训练在迎新晚会后结束。"

他的话在我们头顶盘旋,我快要昏过去了。

"快点儿穿上衣服,回去用点儿除臭剂。"那个老生掩着鼻孔尖叫道,"你们太臭了。从现在起,把自己洗干净,毛发剃净。"他又补充了一句,"别忘了脸。"

高拉夫和我终于回到房间,看看表,已经是凌晨一点。

"这叫早吗?他们疯了吧!"我忍不住喊起来。

"怎么了?"

"现在是凌晨一点,他们称这为'早'!还要求我们明天九点前到教室,并要选出女生!我们到这儿来难道就是为了这个吗?"我大声喊出委屈,高拉夫却默不作声。

他对我的话没反应,已经躺到床上了。

我爬上床闭上眼睛,想起中学时光和梦中情人拉格尼,想起她的短发和可爱的笑脸。可谁能料到,虎落平阳时,室友还会在你伤口上撒盐!高拉夫突然跳到了我的床上。

"你要干吗?"我吓坏了。

"伙计,玛纳夫的身影总是在我面前晃。"

"所以呢?"

"所以我睡不着。行行好,快点儿给我讲个笑话,这样我就能忘掉刚才的事。"

我明白了,为什么像高拉夫这般健谈的人刚才也一直不出声——都是玛纳夫惹的祸!

"你想让我凌晨一点给你讲笑话?"我沮丧地问。

"求你了。"他点点头。

我想了想,然后说:"你知道 IERT 最大的笑话是什么吗?就是说恶作剧属于犯罪行为!"

说完,我俩都笑了。

初逢哈娜

大学的第一天很糟糕。深夜遭到羞辱后,第二天一大早我就醒了,匆匆来到指定的 A 区。字母 A 和"清晨"这个词总能让我兴奋,因为所有电影院都会在清晨播放 A 级优质节目。但今天情况不同。

早上 9 点刚过,女生们开始三五成群地走进教室。为什么女生总是成群结队?也许因为她们人数少,少数派成员只有和同类待在一起才更有安全感。

与其他工程院校一样,班里女生比男生少,少到只够站成一排。

在阿拉哈巴德的 IERT,男女生分开坐。就像在印度和巴基斯坦,任何人都不能跨过控制线。按照昨晚的指示,所有住宿生坐在了第二排。我们不住地打哈欠,嘴巴张得快赶上鳄鱼了,每打一个哈欠，眼睛里都淌出眼泪。

我坐在阿尔温德和迪潘德拉中间，满心希望这些女生能养养眼，帮助我们从昨晚睡眠不足引致的焦躁中恢复过来。但当我看到女生们的着装打扮时，惊得下巴差点儿掉下来。所有女生都像帕坦人[1]一样，清一色灰色长袍从头裹到脚，胸前系着蛇一样的头巾，头发用红丝带扎在脑后。这不禁使我想起政府某广告中的模特形象。

"欢迎来到IERT，阿杰。"阿尔温德小声说。我皱了皱眉，臭味相投的朋友总是英雄所见略同。

很快有人告诉我，恶作剧中有一条规定是女生要扎红丝带——原来我们并非唯一被折磨的对象，女生们也有同样的遭遇。这让我心情大好，至少恶作剧没搞性别歧视。

女生们坐在第一排。我的对角处是一个漂亮女生，令人惊讶的是，她头上没系红丝带，这引起了我的注意。

她一头短发，没法用丝带把头发系在脑后，别了至少五六个发夹做固定，这样头发不至于毛糙凌乱。我想起了拉格尼——比较两个女生，我已犯下了七宗罪之一——眼前这位比拉格尼更漂亮。这时，我的白日梦被打断了。

"早上好，教授。"所有人齐刷刷地喊道。

"早上好，同学们。"教授说。

---

[1] 住在印度西北国境的阿富汗人。

这位名叫比什特的教授身高 6.5 英尺，一头卷发，挺着啤酒肚，脸带杀手般的假笑走进教室。他身材魁梧，脚穿帆布鞋，看上去像个体育老师。

教授开始点名。我们还不知道自己的学号，教授念的是名字。点过 15 个名字之后，教授念到了"哈娜"，短发女生答了一声"到"。

短发女生很时髦，鼻子上的眼镜配饰般地修饰着美貌，令她看上去像个聪明伶俐的医生，灵气十足，相比之下，美貌反而并不突出。

漫长又令人讨厌的 15 分钟点名结束后，比什特教授用白粉笔在黑板上写下"电子工程"几个字。接着，他花了 5 分钟画圆形轨道，画外圈轨道时，在同一个点上用粉笔戳了 5 次。3 英寸长的粉笔掉下来三分之一，像炸弹一样落在地上，黑板上的画作好像蜘蛛挂在自己的网上。

教授慢半拍的动作令我昏昏欲睡。我看了看其他住宿生，他们也正在和自己的瞌睡虫做斗争。我们每打一个哈欠，眼角都有泪水流出来。

与硕大的身材相反，教授的声音很细，给人感觉就像电影《流氓督察》中的主角贾巴尔·辛格用 12 岁女孩的甜美声音说话一样。大家互相挤眉弄眼，顽皮地笑起来。比什特教授识破了我们，突然一句话也不说了，教室里死一般地沉寂，甚至蜗牛都注意到情况不对，一动不动。

比什特教授愤怒地瞪着我们，沉默几秒钟后，他鼻孔翕动着说："同学们，搞搞清楚，如果我的血沸腾了，你们就能用它来煮饭，可沸腾的血会要了你们的命。"

所有人都忍不住笑出了声。那个短头发女生也笑了，露出两个酒窝。

多美的笑容啊！我被迷住了，但马上强迫自己从她笑容的旋涡中逃出来，一只手抚在胸口，嘴里默念："阿杰，要自控，要自控，你不能再搞暗恋了。"

回到宿舍，晚饭后大概 10 点左右，不出所料，恶作剧又开始了，那些白痴的老生又来折磨我们。不过也许已经习惯了，大家到走廊集合。

"不，再也不要了。"我祈求万能的神。

也许，众神的网络拥堵，没有一个神对我施以援手。

"新生，大声说出你们目标的名字。真希望你们都选对了。"

"阿坎莎·辛格。"果不其然，迪潘德拉第一个开口。

"比娜·米什拉。"紧接着说话的是阿尔温德。

"帕鲁尔·特里帕提。"高拉夫回答的时候脸上挂着意味深长的笑容，说明这是深思熟虑的结果。

我很惊讶，被提到的这些女生都是我们班的，可她们在哪里？为什么我没看到这些女生呢？终于，轮到我了。

"哈娜。"我只注意她了。

"哦，罗密欧，她没全名吗？"一个老生冲我喊。

我愣住了，左顾右盼，焦急地寻求帮助。迪潘德拉简直就是我的救星："哈娜，哈娜……普拉丹。"

正如所料，说起对女生的了解，迪潘德拉确实比我们中的任何一个都强。

"菜鸟！你们随时会被问到自己的目标。上点儿心！"老生发布完最后一条命令后离开了。这天晚上，他们在凌晨两点结束了所谓的训练。

几天后，我们在实验室上了一次制图课。实验课程对于工程专业而言，意味着同学们拥有共度三个小时的机会。男生们可以借此"撩撩"自己的目标，打情骂俏抛媚眼。

为了完成"任务"，我事先就说了要坐在哈娜后面，但迪潘德拉却抢先一步坐在了我和哈娜中间。

我走到迪潘德拉面前，生气地说："浑蛋，她是我的目标。我正在为恶作剧行动拿分。"

"成熟点儿。"迪潘德拉回敬道。若是有人提及成熟，仿佛意味着说话人认为自己手里握着有权不成熟的证书。

我生气地瞪着他："老实坐着，别动，你一走她就明白了。变态浑蛋！"

我们计划周密，简直可以去印度调查分析局当特工，而那些女生自然就是我们的秘密任务。

为什么我如此渴望坐在哈娜旁边？离远一点儿，我也可以看到她啊。其实我可以随便说一个名字，老生们又怎么知道真假？我震惊地发现自己真是不成熟。

直到此时,我仍然坚信,她不会是我的下一任女友。

制图实验室老师巴鲁·潘迪走进教室。我很兴奋,因为他和我都姓潘迪,但其行为却和迪潘德拉一样。他开始讲解平面图和立面图,眼睛忙着盯女生们的反应。事实上,在这方面,他比迪潘德拉还要高出一个段位。

"或许女生在实验室里需要得到更多关注。"我沮丧地想。

巴鲁先生给我们看了一张剩下一半的图表,要求我们画出完整平面图和立面图。大家都大眼瞪小眼,互相瞥对方的桌子。我两次试着接近"目标",但迪潘德拉这个二百五仍然坐在我和哈娜中间。我不希望自己的想法被任何人看穿,所以仍假装镇定地坐在自己的座位上,但心里用知道的所有诅咒语"问候"了他千百个来回。

但迪潘德拉已经比我先一步想到如何接近哈娜了。每隔几分钟,他就会和哈娜进行一番讨论:什么是立面图?怎么画平面图?这些都是迪潘德拉的愚蠢问题。愤怒指数在我体内噌噌上蹿。最后,当迪潘德拉走到哈娜桌前开始用尺子量她图上的线条时,我突然爆发了。

你为什么心情不爽,阿杰先生?他们可以是朋友,这在工程院校很正常嘛。其他所有人也在说话,也在互相偷看对方的图纸啊。

我又把愤怒转移到巴鲁先生身上。他布置的任务太简单了,简单到如果我问任何人有关任务的问题，都会给人一种很愚蠢的印象。

事实证明，与哈娜打破僵局的最大障碍是我自己那颗虚伪的自尊心。为了证明自己是一个天才，我开始给所有还没被问到的人讲解，就好像他们渴望得到阿杰非常有价值的咨询服务一样。我试了两次，想去给哈娜讲，但她很忙，看起来像一只忙着搬运坚果的松鼠，甚至没朝我这边看一眼。迪潘德拉走到我面前说："阿杰，至少试着和她说句话。"

"我和你不一样，不是那种没话找话调情的人。"我任性地回答。

"胆小的猫！"迪潘德拉说得对，我没有反驳。

又坐了一个小时，我意识到自己还是没勇气和她说话，索性开始专心画平面图和立面图。当我正在图纸上忙得不亦乐乎就要完成作业时，突然听到一个甜美害羞的声音在耳边响起。

"有什么头绪吗？这张表格的平面图要怎么……哦，你已经画完了。"

我盯着美妙旋律的源头，一张美丽的面孔出现在面前。

"需要帮助吗，哈娜？"我问。显然，我已经成为班上最聪明的人，几个女孩看见哈娜在我桌前，也凑过来看我的图表。

我的"聪明"形象又持续了几分钟，迪潘德拉看起来非常惊讶，他的嘴唇动了动，作"该死的迪潘"状。

下课往外走的时候，哈娜穿过我这边的过道，我打算跟她说再见。她迈着小碎步走过来,我期待着,当距离足够近时,我说:"再见。"

"再见,阿杰。"她回道。

我们都笑了。我第一次正面看到她两腮上可爱的酒窝。这一声"再见"使我的大脑剧烈震颤。我告诫自己,阿杰先生,不要急于求成。内心的喜悦持续了足足五分钟后,终于恢复到正常的跳动频率。

这就是我和哈娜的第一次接触。

筹备迎新晚会

2003 年 9 月　迎新晚会

　　大学里的第一场晚会让每个人都兴奋不已。大家很高兴，终于不用再受高年级学生的折磨了，我们将像鸟儿一样自由，随意探索校园里的任何角落。

　　迪潘德拉和我进入了"新人先生"最后一轮比赛提名的前十。哈娜、比娜和阿坎莎也从电子工程系的学生中脱颖而出，进入"新人小姐"前十名。

　　迎新晚会是入学后的第一个正式活动，所有新生都很激动，特别令住宿生们感到高兴的是，好斗分子的恶作剧"暴行"终于要结束了，我们从此可以安宁度日。

　　新生中胜出的十名男生和十名女生将凭才艺各自竞争前五，

最后胜出的十名选手登台表演,男女冠军将分别获得"新人先生"和"新人小姐"称号。

比赛进行了多个回合,包括创意介绍、问答、表现评估和公众场合发言的自信表现等环节。入围选手被集中在一个房间里,我既兴奋又紧张,自己刚刚被发掘出的天赋第一次接受评估。哈娜也在房间里,她是跳舞还是唱歌呢?在大学校园里,没人会想到除唱歌和跳舞之外的才艺展示方式。

"不管是否入围,我们肯定会很享受这次才艺展示的机会。"我咯咯笑着对迪潘德拉说。

"没错,姑娘们要在我们面前跳舞了。"迪潘德拉的语气中透出邪恶的欲望。

由十名大四学生组成的评委已经入场。哇,多么令人骄傲的时刻啊!正胡思乱想着,突然,一个响亮的声音打断了我的白日梦:"阿杰·潘迪,请上台。"

我的名字以 A 开头,所以第一个被叫到。第一个出场总有先发优势,但该理论在当时的情形中被证明是错误的。我站在了三十双眼睛前。

"才艺展示环节你打算表演什么?"一个评委问。

"模仿。"

"不错。"他说,"开始吧。"

我先介绍了模仿背景:"这是桑尼·戴尔和沙鲁克·罕两个人打斗的场面。桑尼威胁沙鲁克,说如果他继续口吃,就一拳打死他。

'沙鲁克,你总结巴,我这么重的手出手一打就能纠正过来。我这不是手是锤子。'"

屋里一片寂静,没人有反应,我越发尴尬起来。一个老生问:"桑尼就是这样?"

"是的,"我说,希望回答不难理解,"第二段对话中,沙鲁克问桑尼为什么那么喜欢用手,难道没其他可用的吗?'手是你的唯一吗……为什么专门用它?你这辈子做什么都用手,所以手那么沉。'"

全屋人大笑起来,我看到了某人两颊的酒窝。表演结束后,候选人不允许留下,于是我离开了房间。

"第一个参赛者不得不在所有人面前表演,而最后一个只需在评委面前表演就行了,这不公平!"我在外面沮丧地大喊,想看女生们跳舞的愿望像纸牌屋一样被摧毁了。

"为什么我的名字以 A 开头?叫赞都[1]多好。"我埋怨起自己的父母来。

然而烦恼并未就此结束。当晚结果出来了,我失去晋级决赛的资格,哈娜、比娜和阿坎莎晋级女生前五。最打击我的消息是,迪潘德拉晋级男选手前五,与自己的失利相比,这更令我难以接受,真担心会被烦死,现在是躲不开他那令人无法忍

---

[1] Zandu 的音译,以"z"开头。

受的舞蹈才艺展示了。如果迪潘德拉也没晋级,我可能已经忘记自己失利的耻辱——自从他首次入围,我就一直被迫在隐忍,每次被叫去看他跳舞提意见,内心都在挣扎。

当然,值得庆幸的是,从那天起,我有理由不必再看迪潘德拉的幼稚舞了,但在预赛中被淘汰仍有勇气去看决赛,我是世上唯一勇敢的人。

老生们早已布置下最后一项恶作剧任务:所有住宿生坐在一起为迪潘德拉呐喊助威,他表演完我们要一起大喊:"再来一个,再来一个!"

走进礼堂,里面挤了五百名学生,我呼口气放松下来。真是谢天谢地我被淘汰了,我可没勇气面对这么多观众,才艺表演时面对三十名观众我都瑟瑟发抖,如果面对一千只眼睛、一千只耳朵和五百张嘴,恐怕在梦里我也会瞬间瘫痪。

进来几个女生,她们每个人看起来都不一样,而且一个比一个漂亮。我想知道这种变化是如何在一天之内发生的,然而近距离观察后得出答案:没人再扎着之前的红丝带了。那天我看到了真正的工程系女孩没有红丝带,也没有奇装异服。不是说反话,我的农村技术学院终于迈向了现代科技。

最后,哈娜走了进来,她一头乌黑秀发随意散着,没戴发夹,两只小小的金耳环在耳边闪闪发光,看起来就像电影《怦然心动》中的卡卓尔。现在,我有两个理由解释为什么卡卓尔是我最喜欢的女演员了,颇为讽刺的是,两个原因都和她的职业无关:第一,卡卓尔长得像哈娜;第二,卡卓尔嫁给了阿杰·德乌甘。这个荒唐的念头使我不禁哑然失笑。

我径直走到哈娜面前,貌似一个想和她调情的机灵鬼。她正与阿坎莎站在一起,我先向阿坎莎虚情假意一番。

"祝你顺利,阿坎莎。你打算表演什么?"

"谢谢。"阿坎莎假笑了一下,"还没想好。"

然后我转向了真正的"目标",希望她能兴奋地与我握手。

"哈娜,祝你成功,才艺环节打算表演什么?"我向哈娜伸出手。哈娜和我握了握手,触碰在体内过电——显然,两个电子工程师相遇必须带电。

"谢谢你,阿杰。我没做什么准备,只打算读首诗。"哈娜回答道。

我心头浮现出诸多疑问:为什么女孩总是隐藏心思?几小时之后不还是要在我们面前表演吗?为什么她们对每件事都守口如瓶?位列前五名的人怎么会说自己没什么才艺呢?这些都令人无法理解。另一个还说自己要读一首诗!感谢神,我不是女生!

迎新晚会进行得很顺利,我们玩得非常开心。按照事先计划好的,大家为迪潘德拉欢呼:"再来一个,再来一个!"

即使是头驴也猜得到我们是故意的,不过没人在乎。

阿坎莎表演舞蹈,不得不说,她跳得真好。轮到哈娜时,我更加聚精会神。哈娜背诵一首攻击嫁妆习俗的诗，所流露出的自信充分表明她不是第一次面对五百人的观众。

哈娜赢得了我的心，她没敷衍我。高拉夫坐在一旁打呵欠，每打一个眼睛里都流出泪水。

"多愚蠢的才艺，怎么不跳舞？"

我瞪了他一眼。也许我是唯一一个关注哈娜的人。

终于公布结果了，最终夺魁的是阿坎莎和图沙尔，我对他们二人获胜很满意。哈娜失利了，无法脱颖而出。要是迪潘德拉获胜，接下来的几天晚上我就别想睡觉了。

大家都去祝贺阿坎莎，她有点儿飘飘然，当然，此时她有资本骄傲。我抓住机会接近哈娜，想分担她的悲伤。走向哈娜时，我想起一句老话："两个女孩不可能成为好友，因为女孩不能容忍被好友击败。"

哈娜非常沮丧。往常，她都和阿坎莎待在一起，但自从大家都去祝贺阿坎莎，哈娜就站得远远的。我抓住这个可以化身为能靠着哭的肩膀的机会，走到她面前说："恭喜你，哈娜。"

"恭喜我什么？"哈娜沮丧地问。

"你的表现是演讲技巧的优秀示范。"我说。

她没回答，踢开小摩托车的支架。

"我得走了，有急事。"她说完就走了。很少见她脸上没笑容，如果再多待一分钟，肯定就哭了，不过我猜她在回家的路上肯定会哭。

当晚，宿舍里的同学有的跳舞，有的打牌，再也不会有老生来折磨新生了。两个月来，我们感觉自己一直生活在独裁统治之下，现在仿佛是庆祝民主共和的到来。其实，恶作剧活动也让我们当中的一些人成为一生最好的朋友。

所有人都在庆祝，好像印度拿下了板球世界杯。不知怎么回事，我没参加庆祝活动，自己也感到有些惊讶。

"恶作剧已经结束了，阿杰。咱们可以和老生一起喝酒了。"阿尔温德摇着毛茸茸的肚子对我说。我心不在焉地跳了一会儿舞，庆祝活动持续到凌晨一点。

我刚要睡着，却被敲门声吵醒，转头看看高拉夫，他已经睡了，于是只好下地打开房门。

迪潘德拉这个魔头走了进来。虽然经历了过去两个月的折磨，大家凌晨一点还没睡已属正常情况，但迪潘德拉从来也不会问问是否有人在睡觉。

错失"新人先生"头衔，迪潘德拉有点儿伤心。在椅子上坐定后，他问我："选手们的表演怎么样？"

我知道这世上每个人都喜欢被称赞。"你太棒了。"我说。

"说真心话，我表现得怎么样？"迪潘德拉问，他试图让自己的话听起来发自真心。

"你一直都很优秀……"我打着呵欠说，刚要接着说后半句，却被他打断了。

"如果在问答环节我能巧妙地回答，胜利就非我莫属了。"

感谢神没选你。没当选还像现在这样赞美自己,神果然是知道如果你赢了会怎么样!

"阿坎莎的表现怎么样?当时我在后台没机会看,听说她跳得很棒。"迪潘德拉说。他在自问自答,而我作为朋友只能静静听着,以免他感到失落。

"结果公布后,哈娜非常难过。"我转向自己关心的话题。

"结果不公平。"迪潘德拉说。

"怎么回事?发生什么了?"我眨了眨眼睛,睡意全无,变得像看门狗一样专注。

"好吧,告诉你也好。哈娜和阿坎莎最终得分是一样的。"

"那阿坎莎怎么夺冠了呢?"我好奇地问。

"阿坎莎在才艺方面的得分高,评委做了最后裁决。"

"这不公平。如果分数一样,哈娜也应该有机会夺冠。"我有点儿咄咄逼人。

"老生们没想到会出现平局。"

"但这不公平啊。"

"你为什么伤心难过,罗密欧先生?"迪潘德拉脸上带着狡猾的微笑。

"你没看见,哈娜非常伤心,我第一次在那张美丽的脸上看见这样的悲伤。"我叹了口气,"现在明白她为什么那么失望了。"

"不,她根本不知道。我也是一个小时前才知道。这个决定是由三名裁判做出的。"他透露道。

知道比赛真相令我激动。

"潘迪先生,你可以迅速行动。"迪潘德拉兴奋地说。只看着你的脸,好朋友就能知道你心里在想什么。

"我现在就告诉她这件事赢得她的信任。"我喊道,声音惊动了那个睡得猪一样的人。

"变态浑蛋!"高拉夫尖叫道。

第二天早上差不多八点我就醒了,独自一人去上课。通常我是和迪潘德拉一起行动,今天我故意不找他,以免他破坏我向哈娜表露同情心的计划。总之,他在女生面前不可控,会把一切都吐露出来。

我早上九点整到了教室,哈娜已经来了,阿坎莎还没到。

"嗨,早上好。"我坐到哈娜后面。

"嗨。"她打了个招呼。

我竭力控制自己别现在就说出真相,因为阿坎莎还没来。她一到我就说出一切,现在该轮到哈娜感觉良好了。

刚好两分钟,阿坎莎也到了,她脸上挂着胜利的微笑。我开始和哈娜说话。

"哈娜,你朗诵的诗太棒了,是谁写的?"我问道。

"不知道作者,是波亚·迪给我的。"哈娜心不在焉地说。

"波亚?"

"是,波亚·迪是我姐姐。"哈娜不住校,她和家人住在阿拉哈巴德的阿拉哈普尔。她回答得干干巴巴,不愿多说。阿坎莎走过来,在哈娜旁边坐了下来。

"阿坎莎,你舞跳得真好,才不外露。"

"谢谢。"她脸红地笑了,我打出第一拳。

"知道吗,你俩是平分。"

"什么?你在说什么啊?真的吗?"阿坎莎叫了起来,正如我所预料那样,"为什么会把这个称号给我?为什么不给哈娜呢?"哈娜也注意听我说话了,她的脸从苍白变成粉红。

"因为你在才艺环节得分高,老生之前没想到会出现平局。"我说。

"谁告诉你的?"阿坎莎问。

我说出信息来源,接下来一片死寂。阿坎莎什么也没说,可能她还在消化这个令人震惊的消息,但很快,哈娜面带微笑地打破了沉默。

"谢谢你,阿杰。"她说。

现在,哈娜的酒窝和微笑又回到了脸上。她的道谢在我耳边回响很久。她只说了一次"谢谢",但就像埃克塔·卡普尔系列中的场面一样,不断回响:"谢谢你——谢谢你——谢谢你……阿杰——阿杰——阿杰……"

这时,迪潘德拉走进教室。

先锋电脑学校与"梦幻客机"

第一次考试结果出来了。不出所料,满分30分,哈娜得了24分,而我只得了6分。真丢脸,我确信自己下次1分都得不到。但伟大的迪潘德拉先生说哈娜和我是天造地设的一对儿,因为我俩分数加起来是30分,也就是满分——他总是分享自己的垃圾智慧。我反驳道:"如果我继续这样下去,她升到大三时,我还在大一,这样我俩就一起修完四年工程课了。"

我和迪潘德拉是那种每天都要吵架却仍如亲兄弟般混在一起的朋友,总有一根无形的线把我们连在一起。虽然我们都有各自的无可奈何,但必须承认他是我的导师。

哈娜已报名先锋计算机学校学习C语言编程,其实我也有理由报名,但我的故事里总少不了一个"但是",这次的"但是"是钱。

在阴暗的房间里,我陷入了痛苦的思绪之中。我这一生都在上辅导班、十年级、十二年级,十二年级后我又在阿拉哈巴德的印度理工学院辅导班浪费了两年时间。如果这次再向老爸要钱去辅导班,他会怎么想?唉,我不能向他要钱。

大脑中的理性思维却在说,把钱花在辅导班好过把钱浪费在重新考试上。

最终,我毫不犹豫地吞下并消化掉许多罪恶感,决定报名先锋计算机学校。我煽动所有好友报名,虽然遭到一些拒绝,但大家最终还是都报名参加了C语言编程辅导班。

迪潘德拉从汉德的家中带来一辆小摩托车。高拉夫和阿尔温德很幸运,他们的屁股有机会亲吻后座了,不过使用条件很明确——平均分摊汽油费。我无力承担该项费用,但我在学校里有一辆自行车,骑自行车总是免费的,所以我称它为"梦幻客机"。

在阿拉哈巴德,骑自行车出行是很正常的事。但其他人都骑电动自行车而只有我骑自行车,这就有点儿怪异了。可如果能节省下几分钱,谁会在乎呢?对于像我这种只能在梦中见到钱的穷学生来说更是如此。

我有一个秘密的幸福愿望:在阿拉哈巴德,尤其是在IERT这样的大学里,一个女生和一个男生单独交谈会令许多人竖起眉毛,但在先锋计算机学校,哈娜给了我没有陌生人在场与她单独说话的机会。现在,我可以自由跨过"印巴控制线"[1]了。

上辅导班的第一天很顺利。这是我第一次看到哈娜穿一套非常合身的休闲装,没穿帕坦[2]风格的大学制服。她看起来与往常完全不同,从没见过她穿牛仔裤,新装扮让我觉得她的衣服是量身定制的。

我拽过哈娜旁边的椅子坐下来,一半心思放在萨达尔吉计算机老师辛格先生身上,另一半放在哈娜身上。每次辛格先生让大家课间休息,阿尔温德和迪潘德拉就开始取笑我,他们低声说:"短发朋友!前任女友,拉格尼!"我对他们怒目而视,他们明白做得过分就闭了嘴。

那天下课后,我要求室友们都别坐在哈娜旁边,那个座位属于我。谢天谢地,没人反对。在求助赢得女生芳心这种事上,最好的朋友可以为你献出生命,但只要逮到机会,他们也会拉你下马,真是讽刺。

两天过去了,我和哈娜的进展停留在进教室时说"你好",离开时说"再见"。到了第三天,情况发生变化。几天来,我耐心地坐在哈娜身边,闻着她的芳香,盯着她的耳环,结果是C语言程序课被落下很多。下课后,我提出请求:"哈娜,你能解释下这个程序的逻辑吗?我没弄明白。"

---

[1] 或称印巴实际控制线,指印度和巴基斯坦在克什米尔实际控制地区的分界线。
[2] 普什图人,又称为帕坦族,指住在印度西北国境的阿富汗人。

她开始给我讲解,眼睛盯着我的笔记本,那三个白痴也朝这边窥视。我对他们眨眨眼,迪潘德拉也眨了眨眼,然后他们走了,为我留下实施下一步行动的空间。

"阿杰?阿杰,你懂了吗?"哈娜问。

"是的,当然。"我回答。

坦白讲,爱情即将开始的时候,谁还会关心 C 程序呢?她皱下眉,我们往出口走去。为了恭维她,我说:"哈娜,你一定是十年级和十二年级考试成绩优秀才拿到保送名额的,对吧?"我发现她并没有参加北方邦国家工程能力测试而是保送入学。

"还行,我十年级时表现好,但十二年级……"她叹了口气,"我没能达到要求。"

"你打了多少分?"

"十年级时是全校第一名,考了91%[1]。十二年级时提高到92%,但却是第二名。"她谦虚地回答。我惊呆了,外表却尽量镇定自若。

"阿杰……"她打破了沉默。

"十二年级成绩不好?难以置信。"我说。

她笑了,接着解释:"其实我参加的是 ICSE[2] 考试,ICSE 比 CBSE[3] 容易些。你十年级和十二年级考试得了多少分?"

---

[1] 印度初高中考试成绩折算法。

[2] 全称 Indian Certificate of Secondary Education,即印度中等教育证书。

[3] 全称 Central Board of Secondary Education,即印度中等教育中央委员会。

"嗯……我记不清具体分数了,但是优等。"我小心翼翼地回答,不肯透露自己的百分比。她疑惑地看着我。

"你在中学上过什么辅导课吗?"我接着提问,好让谈话继续下去。

"妈妈一直教我到十年级。"她解释说,"十一年级和十二年级时报了辅导课。"

"你妈妈真厉害!她一直教你到十年级?她具体做什么工作?"

"家庭主妇,但她有硕士学位,对我们的学习要求非常严格。"

"硕士学位!在过去?"我难以置信。

她点了点头。我在心里嘀咕:"阿杰啊,她母亲比你父亲学问还多。"

"那你父亲呢?"我又问。

她笑了:"他修过很多课程,有理学学士[1]、理学硕士,顺势疗法和法学学士。"

"有没拿到的学位吗?"我打断她。她没说什么,这问题好似一个蹩脚的笑话。

"对不起。"我说。

"父亲热爱学习。"她说。我从她嘴里只听到了"爱"字,但这个词用在学习这种无聊的事情上有什么意义呢?

"你父亲做什么工作?"哈娜问。

---

[1] 医学术语。

"他是NPTC汉德讷格尔项目的工程师。"

老爸在NTPC是初级工程师,但为了在哈娜父母的学位面前听起来显得了不起,我去掉了"初级"二字。现在,老爸成工程师了。祝贺你爸爸,突然升职。

与哈娜聊得不投机,我突然转移话题,问道:"除了学习,你还喜欢做什么?"我特别强调"学习"二字,仿佛它是一种罪恶。

"现在学开车。"

天哪,这是一场屠杀!我彻底没希望了,士兵还没冲锋就已经阵亡——她还有汽车。我无法忍受继续站在这儿,于是向自行车走去,说道:"到这儿吧,哈娜,明天见。谢谢你的帮助。"

在人生中最糟的时刻,杀死你的从来不是武器,而是漂亮嘴里说出的话。

"再见,阿杰。你怎么回去?"哈娜问道,她的眼睛在自行车中寻找着机动车。

我的神!今天遭遇的尴尬够多了!我向"梦幻客机"走去,鼓起全部勇气下定决心,说道:"我有自行车。晚安,哈娜。再见。"

我匆忙道别,不给自己再遭遇尴尬的机会。回宿舍的路上,我开始责骂自己。

"你这个傻子!她父母都接受过高等教育,她有辆汽车,每天骑摩托车上学。而你呢,罗密欧先生?看看你自己吧,每天骑辆'波音767梦幻客机'往返！"我不断地责骂着，"爱情小子，专心学习吧。"

我开始向神发泄愤怒："这到底是为什么？为什么这么不公平？为什么？为什么？为什么？"

阿拉巴哈德有数不清的辅导机构。在"梦幻客机"往宿舍爬的路上，我看到一家辅导机构前面的一块围板上写着："不要去想你能实现什么，要想你会给别人留下什么。"

"我想把这架'梦幻客机'留下！"我沮丧地大喊。

最浪漫的时刻

又过了几天，和哈娜的关系更近了一步，但对她背景了解得越多就越想放弃这段友谊。每隔一天，下课后我骑"梦幻客机"回宿舍，那三个家伙骑摩托从身边呼啸而过，挤眉弄眼地大喊："再见，潘迪。"哈娜也是一样，飘过时说："再见，阿杰。"

我的视线追随着哈娜的身影，直至看不见。这个画面真讽刺。当朋友们像兔子一般飞奔而过大声道别时，我却像一只缓慢爬行的乌龟。

悲剧故事继续上演，终于在第十天发生了意想不到的事。那天和往常一样，朋友们疾驰而过，每个人都讥讽地喊着"再见，潘迪"，我一边慢吞吞地往宿舍骑一边愤怒地对他们竖起中指。又走了大约200米，还没听到哈娜甜美的声音，我决定转身去找她。

那辆白色的小摩托停在先锋培训中心的老地方，美丽的主人却不见踪影。朝四周望了望，在旁边的邮政检查业务中心看到了熟悉的男孩短发——哈娜看起来很着急。

"怎么了，哈娜？"

"给爸爸打电话，我的摩托坏了。"哈娜说。

我看了看"梦幻客机"，心中再次充满恨意。如果我有一辆小摩托，就可以送她回家了。

"你爸爸来接你吗？"我问。

"不，爸爸不来，他还在银行忙着，九点才有时间，我等不到那时，得自己想办法解决。"她焦虑地说。

哈娜爸爸是一家国有银行的经理。

"贾加特塔兰附近有一家汽修厂，离这儿大约400米。"我满怀期待地说，竭力掩饰内心的喜悦。

她想了想说："好吧，咱们去那儿。"

她的摩托现在太沉，无法移动，于是我殷勤地问："你想换自行车骑吗？"

"没事儿，我可以。"

"你以前骑过自行车吗？今天是你的幸运日！"

尽管把吃奶的劲儿都使出来了，她还是笑着说："不用，谢谢，阿杰，我能行。"

"好吧，随你，不过你可是错过了一个骑潘德吉战车的绝佳机会。"她笑了，好看的酒窝再次让我脸红心跳。

"谢谢你来帮我。"她有点儿害羞,"没有你的话,我都不知道该怎么办了。"

我还是想让她跟我换车。"试试我的战车吧,胜过国王的座驾,相信我,它非常与众不同。"我谄媚地说。

"好吧,国王,让荣誉属于我吧。"她咯咯地笑着和我换了过来,我的车第一次有幸驮着这么漂亮的女生。

"抱歉,阿杰,给你添了这么多麻烦。到那儿就400米是吗?"她问。

"一点儿不麻烦。"为什么只有400米?我很乐意陪你走400公里。

现在我的手表显示时间是晚上7点15分,突然一切变得好美,快速降临的暮色增添了浪漫的氛围。长这么大,我第一次感受到九月的微风如此惬意,月亮慢慢露出身影。最令人陶醉的是,与一个聪明漂亮的女生一起步行,我几乎被此刻的幸福吞没。

"能问你个问题吗,阿杰?"她问。我默默地点点头。

"拉格尼是谁?抱歉,太唐突了,我总听到你的朋友们拿她取笑你。"

我沉默了。要告诉她我和拉格尼关系的实情吗?告诉她我俩之间什么事儿都没有,只是好朋友吗?我想了想,决定利用哈娜的好奇心,让局势变得对我有利。

"拉格尼是我以前的女朋友。"我一脸尴尬的样子。

"过去的女朋友?你意思是……"她急切地问。

"是的,她也正在攻读工程学位,现在博帕尔上学,而我在阿拉巴哈德,大家没什么交流,正考虑分手。"我平静地说。

这时我们走到摩托修理厂。修理工上前踹了几脚,车还是无法发动,于是他说:"换零件,清理汽化器。需要一个小时。"

如果修理工是个女生,就冲她说修理需要一个小时,我就会情不自禁去亲上一口。

"兄弟,请快点儿修。"哈娜请求道。

"100卢比。"修理工开始要价。

"麻烦你快修吧。"哈娜说。

哈娜和修理工说话时,我还沉浸在白日梦里。多么美妙的一天!整整一个小时,只有我和哈娜。好好利用,老兄。

"放心,哈娜。兄弟,慢慢来,但要修好啊。"我对修理工说。"哈娜,别担心,有我在。"我轻声说,"如果你催促,他可能应付了事。明白吗?"

她点点头。我们走到路边去说话。

"阿杰,你有几个兄弟姐妹?"哈娜问。

"我家有三个孩子。我排行老二,姐姐正在学时装设计,弟弟上十年级。"

"为什么要和拉格尼分手?仅仅因为没什么交流吗?"哈娜好奇地问,语气中流露出的嫉妒令我兴奋不已。

"还有一个我必须承认的原因,就是她家境富裕,我们的生活方式不同。"我故意这样说,想看看哈娜的反应。把拉格尼扯进来,我给哈娜布下甜蜜的诱惑。

哈娜想了想,问道:"谁先追求的谁?"

"拉格尼跟我提出交往的。"我撒谎道,仿佛自己是名人沙鲁克·罕,拉格尼死活要和我在一起。

"阿杰,拉格尼真心爱你,钱对她不重要。"哈娜说,"你不应该有这样的想法。"听到她说这话我很满意。

"她家每个人素质都很高,她妈妈还是我们学校的老师。"我有意说出另一个事实,等着看哈娜的反应。

"阿杰,这些话太傻了。"

"怎么说得这么肯定?你……曾有过类似经历吗?"我的心情沉重起来,希望答案是否定的。此时内心仿佛正在经历一场马拉松,心跳就要骤停时,哈娜把我救了回来。

"没有,阿杰,我从没经历过类似的事。波亚·迪正在谈恋爱,我知道他们经历过什么。和真正恋人的经历相比,你的理由太蠢了。"她回答说。

"但那是真正的情侣。"我松了口气,哈娜好像陷入了沉思。让一颗美丽的大脑思考是危险的,我又抛出了一个问题。

"波亚·迪的男朋友是做什么的?"我故意问,想把自己和他比较一下。

"叫他准姐夫更合适,"哈娜说,"男朋友听起来不够严肃。"

"那我就是你的准丈夫。"我在心里想。

"好吧,你未来姐夫做什么工作?"我笑着问。

"他和波亚·迪一起学习。"

"哈娜,我能问个私人问题吗?"

"当然。"

"迎新晚会比赛结果宣布后,你怎么哭了?"

"你看出来了?比娜一直和我在一起都没注意到。"

"真正的朋友会看到你的第一滴眼泪,接住第二滴,不让第三滴掉下来。"我有意说得文绉绉,希望没弄巧成拙。

"是啊,一个好朋友,一个真正的朋友。"她笑着叹了口气。

"你心情不好是因为比赛没赢?"我继续追问。

"我也说不清楚,但当你说阿坎莎和我平局时就感觉好多了。"

"阿杰,你的生日是什么时候?"她换了话题,也许提起那件事仍令她不舒服。

"七月八号。"我说。

"哇,你是巨蟹座,而且日期也是八号。"

女生们真是奇怪。我的生日从来没让我或我的家人这么兴奋。

"巨蟹座有什么值得兴奋的吗?"我耸耸肩,"你也是巨蟹座?还是别的什么星座?"

"不,我是天蝎座,但也是8号出生的。11月8号。"她高兴地说。

在我看来,巨蟹和天蝎像特洛伊人和斯巴达人。难道出生日期相同也可以成为一个快乐的理由?

"现在几点了?"她焦急地问。

"8点15分。"

哈娜担心地问修理工："兄弟，还要多长时间？""兄弟"这个词在我脑子里回响，这个词真讨厌。

感谢神，我不是修理工。

"马上，再有两分钟就好了，女士。"修理工回答。

"哈娜，你父亲不担心吗？我意思是他没找人来帮你。"我关心地问。

"其实爸爸希望孩子们独立。"她叹了口气，"他总说我是他的儿子。"

"这想法不错，很有逻辑。"我故意称赞她父亲，"你没有兄弟吗？"

"没有。所以父亲希望我们坚强自信，就是为了我们能够独立处理这类小问题。家中只有我们两姐妹。"她无奈地看着我，低声说道。

她不说话了，我却在想，她是想有个哥哥吗？她盯着我看的神态使我想到了这一层，我觉得她会叫我"兄弟"。

不，我不当你的兄弟。逃吧，阿杰，在她叫你"兄弟"之前快跑！而且不该把拉格尼扯进来，你确实犯了一个错误。

我正打算说："对不起，哈娜。我要来不及吃晚饭了，食堂晚餐供应只到九点钟。"这时，修理工突然说："修好了。"

"时间刚刚好。"我小声说。

"100卢比。"修理工提醒我们。

"收80吧，兄弟。给学生打个折。"我讨价还价。

阿拉哈巴德到处都是学生，这里是唯一一个大多数人消费时都会要折扣的地方——可以在任意一家店要求折扣，即使是制茶商也会少收学生1卢比。最后，修理工同意收80卢比。见识到我的议价技巧，哈娜笑了。

"再见，哈娜。"我骑上自行车。

"谢谢你，好朋友，晚安。"当她说"好"这个字的时候，我感觉自己好像得了风度奖。

回宿舍的路上，我高兴得飘飘然，有点儿头晕目眩，感到爱意浓浓。我骑得很慢，现在这只乌龟爬得比较开心。我吻了下车把，说："谢谢，亲爱的，因为有你，我才有机会和哈娜共度一个小时的宝贵时光，否则我会和其他人一样是在回来的路上。"

我骑着车来回晃，哼起了歌……

然后，我在"梦中"迷路了，大概九点半才回到宿舍。

食堂早关门了。

"请看看有什么能吃的东西。"我恳求食堂管理员。

"没吃的，啥都不剩了。"

我的反复请求使他发了善心："只剩下一点儿小扁豆，吃吗？没有米饭和薄煎饼。"

"给我吧。"

虽然是残羹冷炙，我却仿佛吃着世界上最特别的美食。只有恋爱中的人才会享受到这样的美味。

交友容易，保持友谊却很难

聊起和拉格尼的虚构关系对我十分有利，哈娜现在与我说话比以前放松了，把我当成"安全人物"。女生们总是喜欢友谊的传说，男生们却把友谊当作通往爱情的梯子。

我比以前开心，笑容也多了，现在每隔一天就有机会和哈娜交谈两次，友谊已经超越虚伪的"你好"和"再见"。

我更喜欢她了，说不清这是一种迷恋还是爱，但毫无疑问，我就是喜欢她：她的模样，她的微笑，她的耳环，她的发型，她愿意帮助我的态度。简言之，她是人人都会喜欢的那种女孩。

现在是十一月初，我走进迪潘德拉的房间。

"迪潘德拉，11月8日是哈娜的生日。"仿佛很快要发生一场全国性的灾难，我说，"应该送她什么礼物呢？给点儿建议吧，有什么物美价廉的东西可以当生日礼物？"我只能和室友谈论"便宜"的东西。

"你疯了吗?把钱浪费在女孩身上是徒劳的。"迪潘德拉反驳道。

"她不是普通女孩。"我说,"她是我未来的妻子。"我非常小心地用了"妻子"这个词。对于迪潘德拉来说,爱情和性是一码事。

"父母把你们送到这里来学习,而你们却把金钱和时间浪费在女孩身上。"迪潘德拉引用古老的印地语电影台词。

"先生,请你把注意力放在礼物上。"我生气地喊道。谈及女孩,不对男生大喊大叫,他们就要把事情扯远。

"你打算花多少钱?"迪潘德拉问。对于我这样的人来说,这是一个非常重要的问题。

"30 或 50 卢比。"

迪潘德拉皱眉看着我。

"好吧,最多 80。"我吃力地提高预算。

"买张贺卡和一束花,一起送给她。"他建议说。

"一张卡片和一束鲜花?"我喊道,"卡片有什么用?花过两天就死了。"

"百万富翁先生,这点儿钱什么也买不到。女孩多愁善感,她们喜欢卡片,整个卡片行业都靠她们生存。"迪潘德拉眨了眨眼睛,又提了一个建议,"要不这样,你做做贡献,咱们一起送东西给她。"

"绝不。"我宣布主权。

"好吧，罗密欧先生，送她卡片和巧克力，用不上 50 卢比。"他狡滑地笑道，仿佛解决了一个进行头脑风暴的电子难题。

我去了卡特拉附近的大学路，那里因出售教科书和学生们感兴趣的爆品而闻名。走进一家卡片店，这里有成千上万张用于各种场合的卡片——道歉、求婚、告别、纪念日、感谢、新年、母亲节、父亲节，等等。我惊呆了，谁会把这些都买了？可抬头却发现店里有很多女孩。这时我想起迪潘德拉的话："整个卡片行业都靠女孩们生存。"

浏览了五张生日卡，每张卡片上都有一颗红心。我有点儿纳闷，生日贺卡上为什么印心呢？最后，我找到一张没有任何心形图案的生日卡。现在，这张"无心"的卡片将表达我"心中"的想法。

选好卡片后，我遇到了另一个难题——卡片上写什么呢？这比选卡片更让人头疼。有了！我翻了几张友谊卡，找到几行好句子，四下看看，确定没人注意我，从包里拿出纸笔抄下来——考试作弊的习惯终于派上了用场。

我又买了一支金光闪闪的钢笔和一块巧克力。从来没买过这么贵的巧克力，命中注定，人生第一块贵巧克力是送给别人的礼物。

回到男生宿舍，我开始用粗闪光笔在草纸上练字，但看了笔迹后意识到，如果连自己都无法看清所写的中文或日文，哈娜又怎么能明白呢？于是我犯了个错误——去找迪潘德拉寻求帮助。

"你能帮我写吗？我的字差，用这支发光笔写更糟。"

迪潘德拉写下了我在卡片店里抄下的那些句子。回到房间，我躺在床上，心想是否应该自己写点儿什么？毕竟我真的对她有感觉。

花了数百万秒的时间，用尽神经系统的所有精力之后，我只写下一行字："交朋友容易，保持友谊却很难。"

2003年11月8日　哈娜生日

很多朋友想给哈娜过生日，所以她在食堂开了个小派对，收到一些礼物。在校园里，我送上生日祝福后又询问了她当天是否会去辅导班上课。她说会去，所以我决定下课后送卡片，这样不会引起其他女生的注意。女孩们可是有对男生礼物刨根问底的习惯。

上完先锋辅导课，所有人离开后，未来的情侣——哈娜和我开始了如下对话。

"我的生日礼物呢？"哈娜问。

"你怎么肯定我会送你礼物？"

"我最好的朋友今天怎么可能不送我礼物呢？"她轻声说。好感人啊，我被这么亲切的话语迷住了，想吻她的脸颊，但还是控制住了单方面的欲望。

我打开包,把最珍贵的巧克力送给她。

"巧克力不错,但应该还有其他的东西吧。"她边说边往我包里偷看。

她好奇地把巧克力还给我,迅速翻开卡片。"哇,这张卡片真漂亮!"她高兴地叫道。

这卡片有什么特别?我想知道。

她读了上面的字,低声问:"谁写的?"她的话让我心头一颤。

"我……我写的。"这个"我"字听起来很空洞。

"这不是你的字,是迪潘德拉的。"她的话又一次击中了我,我的心不可抑制地狂跳起来。感谢神,我不是心脏病患者,否则就要离开人世了。

"字是迪潘德拉写的,但这些话却是我心里的。"我咽了咽口水,仿佛吞下芒果浆一般。

"阿杰,你是我的好朋友。卡片不重要,但你能说实话吗?"她果断地说。

"这句是我写的。"我指着其中一行说,"其余是迪潘德拉写的。"我隐瞒了从另一张卡片上抄袭的事实。

随后,我们分吃了巧克力。送巧克力真明智,自己最后总会吃到一点儿。如果有人和我一样是婆罗门,那么他们得到的最多。

"哈娜,你怎么猜到这不是我写的?"我疑惑地问。她哈哈大笑起来,有时笑声使我感到很丢脸。

"迪潘德拉课后问我有多喜欢你送的卡片。打开卡片看到两种不同风格的笔迹,所以我就猜到了。"她又笑起来。漂亮的女孩并不傻,我心想。

"这是我犯的最大错误,他是个大嘴巴。"我说。

该死的迪潘德拉,我要杀了你!

"阿杰,我得走了。我要和家人去公民路的埃尔希科吃饭。"她边说边从停车场骑着摩托车出来。

埃尔希科,多贵的饭店啊!

我有点儿失落,当场被抓了现行。为了让我高兴起来,她说:"致敬拉格尼,她拥有一个心灵美好、单纯的人。"

我想说,那个心灵美好单纯的人属于你,而不是拉格尼。

"好吧,再次祝你生日快乐。"我握着她的手说。

然后我向她道晚安。哈娜发动了摩托,回过头来说:"晚安,阿杰。顺便告诉你,卡片上只有一句话我最喜欢——'交朋友容易,但保持友谊却很难。'"

说完她走了,但最后一句话让我心情变好起来,甚至原谅了魔头迪潘德拉。接着我又开始生自己的气。为什么非要编造和拉格尼的故事呢?之前进展得还算顺利,非要把拉格尼扯进来,现在成三角恋了。哈娜知道真相后会怎样呢?

我该如何表白?

到目前为止,我很确定自己对哈娜不只是迷恋,绝对是爱上她了,但又感觉再次陷入了单相思,现在急于从单恋的魔咒中摆脱出来。单恋就像在别人的领地上盖宅邸,这一次,我要把它建在自己的土地上。

那天是先锋计算机辅导班最后一天上课,往回走的路上,我一直在想该怎么对哈娜开口。

今天是最后一天。从明天开始,我可能没有机会和她说话了。我是开门见山呢,还是委婉含蓄地表白?如果她接受了,皆大欢喜;如果拒绝,我和她连朋友也做不成了。

思绪继续在脑海中盘旋。

我跟她要电话号码吗?但她怎么打给我呢?我连手机都没有。我真是个乞丐!迪潘德拉有手机,她能愿意打迪潘德拉的电话找我吗?为什么向女生表白这么重要?大家做朋友不好吗?

所有这些念头在我的脑子里像暴风雨一般肆虐着,练习向女生开口表白如同为在奥运会上拿金牌训练一样艰难。

下课后,我在停车场找到哈娜:"哈娜,辅导课今天结束了,你有什么想法?"

"感觉不好,有点儿害怕。"她的语气掩盖了紧张。

"害怕?为什么?"

"我对编程还是没信心。"她轻声说。

我有点儿失落。本以为她会因辅导课结束了我们没机会像现在这样聊天而感到难过,结果她心思根本不在这上面。

"我对自己的编程能力很有信心,你可以随时和我讨论,打电话讨论。"我没有直接向她要电话号码。

她咯咯笑着说:"当然,随时。"仿佛我编程的信心对她来说是个笑话。

当时印度移动电话尚未普及,大多数人使用的是印度电信。我知道哈娜也没有手机。

她笑着说:"我可以告诉你我的固话号码。但很抱歉,阿杰,你不能给我打电话。"

"手里有武器却不能用有什么意义呢?"我讽刺地问。

"呃,阿杰,如果有人给我打电话,爸妈会疑神疑鬼,尤其是我妈妈。"她叹了口气。

"为什么？你在男女同校的教育机构里和男生一起学习，做实验和做项目时不可避免地要与他们接触。"我争辩道，极力掩饰绝望。

她犹豫了一下，说："如果一个男孩打电话，那意味着他是我的朋友，明天那个朋友就可能成为男朋友，然后……"她耸了耸肩。我很惊讶，不知她出于什么原因这么说，但当时我真希望所说的会变成现实。

"好吧，哈娜，我明白。如果有人给我姐姐打电话，我父母也会有同样的感觉。"我表示支持，这样她就不会感觉不好了。

两天后学校将放预备假期。接下来是考试，然后是为期十天的学期假期。这意味着我在两个月后才能再次见到我的单恋对象，而且也不能通电话。想到这些，我更加难过了。

"阿杰，你今天看起来有点儿不高兴，怎么了？"她问道。

"因为拉格尼。不能继续交往了，她在博帕尔和其他男生在一起了。"我掩盖了悲伤的真正原因。

"阿杰，如果她和别人在一起快乐，就随她去吧。马上要考试了，我不希望我的朋友因为一个根本不关心他的人而分心。"哈娜说。

"哈娜，如果我有问题想在备考期间和你讨论，怎样才能联系到你？"

她想了想，说了句让我觉得很没颜面的话："你有手机吗？"

对于一个穷到给自己心上人买 80 卢比礼物就好像是做了

100万美元生意的人来说,买手机是不可能的事。"女士,如果我有手机,早就把号码告诉你了,"我叹了口气,"不过迪潘德拉有手机,他大部分时间都和我在一起。"

她想了一会儿,说:"不行,阿杰。我不能给迪潘德拉打电话,打给他找你,这样做太不好了。"

"没事,就打他的号码。他不会接,只有我才会接你的电话。"

她怀疑地看着我,我立刻意识到自己多嘴,解释道:"你之前给迪潘德拉打过电话吗?没有吧。所以我会告诉迪潘德拉,你打电话找我讨论一些与学习有关的事,让他把电话转给我。"

她什么也没说,我又觉得很难受。哈娜注意到我的表情,她一定以为我是因为拉格尼而难过。为了让我高兴起来,她说:"我们今天庆祝一下,就当这是培训班结束的告别派对。"

"庆祝?"我沉闷地问。她疯了还是怎么的?我们在这里庆祝什么?

"你喜欢皮欧哩[1]吗?"她兴高采烈地问,可我不太喜欢吃皮欧哩。

"我最喜欢皮欧哩。"这么说是为了迁就她,也许我可以用她的名字代替皮欧哩。

"契哈普潘博格有最好吃的皮欧哩,在卡切里的民事法庭附近。"她建议道。

---

[1] 空心的小点心球,里面装满了辣汁。

"走，咱们去那儿。"

阿拉哈巴德随处可以找到两类店铺——茶店和皮欧哩摊位，不晓得契哈普潘博格有什么特别之处。我们往卡切里路走去，我骑自行车慢爬，她在旁边开着摩托。

她傻吗？既然我不能骑车带她，那她应该让我坐她的摩托。

我试图安慰自己："阿杰，请理解，这是家庭道德观念。一个女孩和一个男生走在一起，可能会成为IERT的八卦，而且晚上七点半在阿拉哈巴德街头闲逛是不可以的啊。"

马上就要到契哈普潘博格了，这时，哈娜遇到另一个骑摩托的女孩，她停到哈娜面前打招呼："嗨，哈娜。"

她是波亚·迪吗？我紧张得起了鸡皮疙瘩，不过听了她们的对话后身体恢复正常。

"嗨，帕瑞娅！好久不见。"哈娜回答。

现在我明白了为什么哈娜不让我坐她的摩托。帕瑞娅一直盯着我看，我们假笑着互相问候了一声。

"这是我工程专业的朋友。我正要去契哈普潘博格，路上遇到了。"哈娜在朋友发问之前先做了解释。帕瑞娅在哈娜耳边低声说了些什么，俩人笑起来，然后帕瑞娅走了。女孩们总是会被自己蹩脚的笑话逗乐。

哈娜在契哈普潘博格点了两盘皮欧哩，她看起来兴致勃勃，对服务员说："兄弟，拿点儿酸辣酱。"一个皮欧哩怎么会让她如此高兴？

"帕瑞娅跟你说什么了?"我陷在胡思乱想的痛苦之中。

她一口把皮欧哩放进嘴里,脸都撑圆了,什么也没说,摆手示意一会儿再解释。看她正享受着喜欢的那道菜,此时不该打扰,但帕瑞娅的假笑让我无法专注眼前的食物。那口皮欧哩被吞下后,我又问:"帕瑞娅到底说什么了?她是你的好朋友吗?"

哈娜没有回答我的问题,微笑道:"皮欧哩味道怎么样?"

我甚至没注意味道,但哈娜喜欢我也很高兴。为了取悦她,我说:"皮欧哩棒极了。"然后叹了口气,像只鹦鹉似的又重复了一遍那个问题,"帕瑞娅说了什么?"

"她是我在圣玛丽修道院的同学,她低声问你是不是我男友,我说只是普通朋友。"

这句话让我崩溃了。全世界都能看出我的心思,但似乎事情并未向有利的方向发展,我就要和哈娜说再见了。

这时她又说:"阿杰,只要你真觉得需要打电话,就用迪潘德拉的手机连拨两次我的座机,中间隔5秒,然后我给你回拨过去。"

"两次?"我兴奋地问,"为什么不是一次?"

"响一次是波亚·迪和吉州的电话。"她笑着说。

"未来姐夫?"

"是的。"她点了点头。

这可能就是她妈妈讨厌男生的原因吧,未来姐夫正在享用他的先发优势。

"但是记住，阿杰，只有你能接我的电话，而不是迪潘德拉，还有……"她停顿了一下，我打断问道："但是什么？"

"只有真正需要时才能打电话。"她严肃地说。增加了我的信心之后，她突然又按下了失望的按钮。

我骑车回 IERT 宿舍，哈娜朝阿拉普尔走去。分别时，她喊道："考试顺利！"

"考试顺利！记住，永远不要认输。"我说。

"永不认输什么？"她问道。

"永不认输意味着永不放弃，我最喜欢的名言之一。"我不知道自己为什么这么说，但这是在读有关"二战"的内容时学到的。永远不要在战争中投降，也许我已经开始把爱情当作战争来对待了。

"给人印象深刻的一句话。"她赞赏道，"考试有很多需要准备的。"勤奋的女孩总是会把名言用到身边的事情上。

我跟她道别，她边走边说："阿杰，你值得拥有比拉格尼更好的女孩。"哈娜笑得像特写镜头广告中的模特，最后这句话成就了我的一天。

我在心里对哈娜说："是的，那个更好的女孩就是你。"

迪潘德拉的电话对我来说就是氧气。学院因为备考而关闭。既然可以和哈娜聊天，现在我不担心这事了，必须集中精力参加第一次工程学考试。这些考试很恐怖，我们没有可供参考的考试范围,这意味着任何地方都可能出考题,猜试题就像在大海里找珍珠。

我所承受的压力是别人的两倍。首先,我必须考好,使家里摆脱财政危机的困境;其次,我要赢得爱人的心,人家在十年级时考第一,十二年级时考第二。很明显,第二个原因让我更有动力。

考试过程中,我仔细分析了答题纸与中文笔迹后,与哈娜竞争的想法便消失得无影无踪。每次我在规定时间前答完卷都不想检查,因为自己写的字令自己头疼。于是,我意识到一个残酷的事实——我不可能在工程学考试中超过哈娜。

过去她常在考试前一晚给我打电话,问我准备得怎样并祝好运。每当她打电话的时候,我都会事先准备一些问题,这样我们的对话时间就能长一些。她真的很关心我,每次都拿出足够时间来解答我的问题,对我帮助很大,可电话另一头的我从不劳神去听解答,只对她跟我说话这件事感到高兴。

有一次,我说:"哈娜,你已经解释这章15分钟了,电话费会飞涨的。"

"别担心,电话费由印度友固银行支付。"她笑着说。

每次考试前关心我、给我打电话,这本身就证明了她喜欢我。但她总是对所有人都很关心、在意、放在心上,对每个人来说都是圣人般的存在。

考试的最后一天,我告诉了哈娜汉德讷格尔家中的座机号码，接下来我们要进入 10 天假期。马上要回家了，朋友们都很兴奋，我是唯一一个情绪低落的浑蛋。

汉德讷格尔家中那台由印度电信提供服务的古老电话又重又旧，铃声非常大，铃响时连邻居都能听到。我坐在电话前，始终没有接到哈娜的电话。

第二学期开学，我和哈娜再次变回见面只说"嗨"和"再见"的朋友。早上，我们互相"嗨"一声，我一直盯着她看，像一只巴巴盼望下雨的孔雀，而一天结束时却只得到一声"再见"。

她总和比娜在一起。比娜和哈娜，她们的名字都以英文"B"开头，这似乎使她们关系更亲近。每次实验和每项作业，她俩都在一组。哈娜不和我多说话，男女生的交流会在校园里引起流言蜚语，现在已经有一些关于我俩的八卦了，这加大了我们之间的距离。

2004 年 1 月

我在宿舍里伤心起来，好怀念和哈娜在先锋计算机学校里度过的美好时光，我记得过去的点点滴滴，真恨自己没钱买手机。

突然，灵光一闪，我有了主意。印度国家火电公司医疗报销政策相当不错，如果有注册医生开具的药物诊疗处方和票据，所有费用都可报销。我去了校园外的小诊所，小牌子上写着印度医学协会，上面还画着一个十字架和一条蛇。我从来都搞不懂为什么印度医学协会选了这样一个标志，也许是他们以前治疗过被蛇咬的人。

我认真地跟医生解释病症。因为母亲过去患有哮喘，我知道吸入器的价格。哮喘吸入器是一种便携式医疗设备，可以将药物直接送至肺部。我拙劣的模仿在医生面前却真实呈现出哮喘病人的痛苦。

我还告诉医生自己将在接下来的几个月里出门旅行，所以请他开三个吸入器。医生不仅给我开了三个吸入器，还另加了五板药片，说："如果你在服药五天后感觉身体恢复了，可以暂停使用这些药物。"

"诊费多少，先生？"我问。

"100卢比。"

"我是学生，给打个折吧。"我恳求道。

医生心软了，收了50卢比，然后我径直去了一家药店，求店主算算账单。

"开多少天？"店主问道。

"我只想要一张十五天的账单。"

"我们的手续费是10%，对你们学生收5%。"

"最终是多少钱？"

"1650卢比。"

"太好了！"我带着胜利的微笑说。看到这么大数目的医疗账单，病人如此高兴真是少见。

我给爸爸打了电话，说感觉身体不太好，会把处方和账单寄给他。欺骗家人很不好受，但一想到可以和哈娜打电话了，足以将我从自责中解脱出来。第二天上午，爸爸把3000卢比转到我的SBI[1]账户里。以防万一，父母总会多给孩子一些钱，我已经攒了1000卢比。终于，我准备走进电话世界了。

学院一年一度的体育比赛时间到了。哈娜和比娜参加了羽毛球赛，我在练习时找到了她。"老爸给我买了部诺基亚手机。"我撒谎道，给她看了看那个笨重得像块砖似的银色东西。她按了我手机上的一个按钮，发现只存了两个号码，一个是她家的，另一个是我家的，露出怀疑的神色。我们交换了号码，道别，然后我满怀希望地回了宿舍。

已经过去五天了。尽管斥巨资买下这部银色手机，但哈娜一次都没打给我，我的命运依旧。希望破灭了，我很沮丧，感觉哈娜正从身边悄悄溜走。我患上了德夫达[2]综合征，他的情人帕洛正从身边逃走，而钱德拉·穆奇也没有机会。我所有的幸福感都消失了，觉得自己再也无法承受这种单相思之苦，不管她是否接受，我必须说出实情。

我在心里筹划，马上情人节了，决定在此之前向她表白。

---

[1] 全称State Bank of India，即印度国家银行。
[2] 印度电影《宝莱坞生死恋》中的主人公。

我给自己安排了一场约会。

那是二月的第一个星期,我去停车场找到哈娜。

我和哈娜俩人面对面。由于现在几乎说不上话,我很想念她,想拥抱她,但甜美的声音打断了我这个念头。

"怎么了,阿杰?你好像变了一个人。"

"我不舒服,哈娜。我染上了病毒,发烧。"我又在撒谎。

"不,阿杰,别掩饰。我注意你几天了,你不像以前那样快乐开朗。"她说。

我有点儿窃喜,至少她一直在关注我。于是我开始实施计划:"我对你撒谎了,哈娜。其实我已经打算离开IERT,不再回来。"

"不回IERT了!为什么?发生了什么事?"她问道。

"我要去印多尔的德维阿希利亚学院。通过我父亲的一些关系,我将直接进入第二学期学习。在师资方面,那所大学比IERT好。"

我对哈娜撒谎,观察她的反应,如果她爱我,肯定会对我的决定感到难过。之所以选择说印多尔的这所学院,是因为我的一个朋友在那里学习,我了解很多细节。

仔细观察着她的反应,看她是否为我突然要离开而感到难过。但这位对每个人来说都是天使的女孩,有时对我表现得却像个恶魔:"阿杰,父母总是关心孩子的。如果他们让你做某件事,你应该听从他们的意见。"

我抱着头想,为什么我要爱上一个这么好的女孩?

又过了几天。我对她到底爱不爱我充满了困惑,脑子里好像一直在进行小组辩论。一部分大脑说,她爱我就像爱一个朋友,一旦表白,就会接受我;另一部分则反驳道,她从来没有爱过我,她只是一个情感丰富关心身边所有人的女孩。这些积极和消极想法的辩论正在摧毁我的意志,健康、学习和大脑开始受到影响。我总是躺在床上,目不转睛地盯着那部笨重的银色诺基亚手机,等着它响起来,仿佛一个处女期待怀孕一般。

我决定结束这一切。宁可明明白白地死,也不靠虚无缥缈的希望活着。

2月7日,我在男生宿舍的公共休息室随意翻看报纸,发现了一些有趣的消息。一个名为"情人周"的国际节日即将到来。报纸刊登了一份完整的爱情日历:第一天是玫瑰日,接着是表白日,然后是巧克力日、泰迪日、承诺日、亲吻日、拥抱日,最后是进攻日或叫情人节。从2月7日到2月14日,一切都安排得很完美。

根据这篇文章,我必须在明天2月8日向她表白,但另一份报纸却补充了一些新信息。那份报纸上给出了后情人节的爱情日历:2月15日是耳光日,2月16日是接吻日,2月17日是香水日,2月18日是调情日,2月19日是忏悔日,2月20日是彼此想念日,2月21日是分手日。

我想不明白为什么是这样的顺序，但最后一天让我大跌眼镜——分手日？就连营销专家也认为爱情只能维持两个星期。我丢下那些报纸，打算听天由命。

一个新想法突然出现在狡猾的头脑中——我决定写信给哈娜表达全部感情。我已经用中文写完了两页，但大脑的积极部分又产生了另一个想法：你关心她，她应该知道。写情书也会使她怀疑这不是你写的。

迫不得已，这个计划也被放弃。我对神喊道："我该怎么表白？"

爱你,哈娜

2004年2月13日　情人节前一天

我决定2月13日向哈娜表白。选在情人节前一天,是经过了深思熟虑,因为我知道女生们需要时间来考虑这事,而且很有可能会陷入庆祝节日的情绪当中,这有助于接受我的表白。期待哈娜这样的女生能做出这样的事本身就很疯狂,但爱情不仅盲目也很愚蠢。

2月13日,我没去上课,疯狂地忙着做准备工作。我收集了一些跟哈娜有关的东西,例如她在新生派对上演出的照片、她记的笔记、给我的复印件,甚至是她用来向我解释C编程的草纸。

晚上6点左右,我刚要执行计划,这时手机震动,一个座机号码打了过来。

"嗨，阿杰，我是哈娜。"她的来电就像斋沙尔默的绵绵细雨。

"嗨。"我回应道。

"阿杰，明天我有羽毛球比赛，高拉夫是我混合双打的搭档，你能捎个信让他早点儿到吗？告诉他明天下午4点左右到礼堂练习。"哈娜语速很快，想在60秒内打完电话。

"好的，当然。你在哪里打电话呢？"

"在巴格亚火车站附近的一个邮政电话亭。"

我问了确切位置。巴格亚车站就在IERT附近，我熟知那里的每一个角落。

"哈娜，待在那儿，我马上过去，有要紧事跟你说。"

"阿杰，我要迟到了，明天说可以吗？"

"哈娜，今天是我在IERT的最后一天，明天我就要永远离开去印多尔了，还记得吗？"

"哦，是啊，好吧，我等你，快点儿啊。"

"哈娜，我想和你单独见面。"我急忙说，但仍没赶上电信频率，耳边响起令人生厌的嘟嘟声，她已经把电话挂了。

我抓起她的所有东西，骑上自行车，迈出我人生中最勇敢的一步。路上，我开始整理思路，练习要说的话，一直自言自语："永远不要投降，阿杰，你可以的。"十分钟后，我到了邮政电话亭。

当我看到比娜和哈娜站在一起时，惊得下巴差点儿掉下来。

我甚至没跟她俩任何一人打招呼,只是盯着比娜看。比娜很敏感,她觉察到我的失落,与哈娜道别走开了,也许苍白的脸色已表达出我内心的情感。

现在,我和哈娜单独在一起了。

"阿杰,发生什么事了?为什么突然要见我?"

"哈娜,咱们能找个地方坐一会儿吗?事情紧急。我明天就要走了,想告诉你一些事。"我请求道。

"嗯,我们坐哪儿呢?"她问。

"到契哈普潘博格或尼特姆查拉哈附近的任意一家餐厅。"

"不,阿杰,我穿着校服,而且现在已经很晚了,咱们在这儿说,到路边。"她说着朝马路两边看了看。

我们沿着巴格亚火车站附近的阿拉哈巴德大学女生宿舍往前走,那里有很多情侣,我们感觉放松些。

"哈娜,我明天就要坐希普拉特快列车永远离开这里了。"

"阿杰,祝你一切顺利,不要因为拉格尼灰心丧气。"她说。

我无法把注意力放在她说什么上,心里只是忙着练习要说出口的话:"哈娜,我收集了一些东西。离开之前想把所有这些都还给你。"说着我把东西递了过去。

"你保留了所有这些东西?"她平静地问。

我的嘴唇变得僵硬,把新生晚会上拍的照片递给她。

"你从哪儿弄到的?"她问道,我依然保持沉默,"你可以保留所有这些东西,我完全没异议。"

我的心跳加快,感觉要窒息,现在是二月份,居然出汗了。

"过来,哈娜。"走到附近一个茶摊,我吞了下口水,又感觉自己像个要上战场的战士。也许哈娜现在已经明白了。

我紧张地说:"哈娜,我想跟你说件事。"

"好吧。"她担心地说。

我鼓起勇气,眼睛却盯着地面,喃喃道:"我爱你,哈娜。"

"什么?"

"我爱你,哈娜。"仍然很紧张,但这次我直视了心爱人的脸。

看到我的眼睛变湿她肯定不高兴了,沉默着不说话,也许是在试图消化这么突然的表白。

"阿杰,你是我的好朋友,我从来没往那方面想过。"她试图安慰我,"给我点儿时间。别伤心,你是一个好人,可我从未谈过恋爱。"

我马上意识到自己犯了错。在对方还有女朋友的情况下,哪个女生能接受表白呢?而且明天这个男生还将永远离开这里——我决定纠正这个错误。

"哈娜,我要告诉你一些关于拉格尼的事。"

"是什么事?"她温柔地回应,这令我感到很舒服,终于可以把一切和盘托出。

"我没和拉格尼谈恋爱。"

"什么?"她惊呆了,"那些故事和照片是怎么回事呢?"

"编的,那样你就不会远远躲开我。一个已经处在恋爱关系中的男生肯定会被女生认为是安全的。"我叹了口气。

"难以置信。每个人都知道拉格尼,迪潘德拉甚至曾多次讲起她的故事。"哈娜糊涂了。

"拉格尼是我中学的一个好朋友,仅此而已。哈娜,如果你愿意的话可以和她谈谈,她会很高兴。"

"拉格尼知道我吗?"

"知道,排灯节时我去汉德讷格尔时提到了你。"

我拨通了拉格尼的电话,让哈娜跟她通话。

"嗨,拉格尼。我是阿杰。"

"嗨,阿杰,你好,和哈娜进展得怎么样了?"拉格尼问。

"拉格尼,我现在和哈娜在一起,她想跟你说话。"我把电话递给哈娜。

如果哈娜告诉拉格尼我曾提过的那些中学时没勇气说出的秘密可怎么办?现在处境危险,前暗恋女友正和未来女友通话——这真是我一生中的特殊时刻。

"嗨,拉格尼。"

"嗨,哈娜,我听过许多关于你的事。找我有什么事吗?"

"拉格尼,你和阿杰从未谈过感情吗?"哈娜迟疑地问。

"没有,哈娜,我们只是好朋友。"拉格尼回答。

她俩正式交谈了几秒钟就挂了电话,哈娜的举动让我坚信她对我也有感觉。

"阿杰,天晚了,我得回家。我需要时间来考虑这一切。"

"哈娜,告诉你最后一个真相。"我恢复了自信,从悲伤中复原。

"又是什么?今天的信息量太大了。"

我叹了口气:"哈娜,我哪儿也不去,会在 IERT 读完学位。"

"为什么要撒谎?"

"对不起,这是让你来这儿的唯一办法,我才能有机会和你说话。"

"以后再说吧。"她说完就走了。

直至我的女孩消失在黑暗夜色之中,我才骑上"梦幻客机"回宿舍。路上,脑子里又开始了另一场思想斗争:大脑积极部分说,哈娜爱我,否则她不会确认我和拉格尼的关系;消极部分说,哈娜并不爱我,因为她没有接受表白就走了。不知怎么的,我觉得积极部分赢了。我如释重负,仿佛突然从脑袋里卸下一个巨大的负担。

分手日

2004 年 2 月 14 日　情人节

　　第二天我没去上学，想给哈娜制造沮丧的印象，盼望她能打电话来安慰，仿佛是在期盼斋沙默尔能下雨似的。我开始谋划怎么在情感上绑架哈娜，虽有点儿难过，但仍试着把欺骗行径说成是彻底崩溃。

　　宿舍里，高拉夫马上要去上课。

　　"高拉夫，我不太舒服。"

　　"怎么了？去医院看看吧。"他关心地说。

　　"不要紧，只是病毒性发烧，全身疼得厉害。"我补充道。

　　"你体温正常，好像是别的毛病。"高拉夫摸了摸我的脖子和手腕。

"可能是体内发热。"

"看医生吧。"他又说。

"不用,我很快就没事了。"

"那需要我做什么?"他有些生气。

"兄弟,如果哈娜问起我,告诉她我不太好……也不和宿舍里任何人说话。"我有意称他"兄弟"。

"为什么?你们怎么了?如果她不问我该怎么办呢?"高拉夫问道。

我哀求他,露出一副令人生怜的表情:"伙计,理解下嘛,如果体贴的人能打来电话,我的病就好了。如果哈娜没问,也要想办法透露我病了。"

"好吧。"高拉夫答应了。

我又假装咳嗽起来:"你也可以告诉比娜。求你了!"

"老兄,休息吧,我保证带到消息。"高拉夫承诺。

"爱你,伙计。"我眨了眨眼睛,露出狡黠的微笑。

"呸,该死的魔头!"高拉夫回敬道,转身走了。

我有意没让迪潘德拉去跟哈娜说,因为他很容易会猜到我们之间发生了什么。

采取各种不公平的手段、上演各种戏码、进行情感勒索,可哈娜还是一个电话都没打。情人节这天,我没有接到情人的电话。

2月15日,哈娜有场羽毛球比赛。为了使自己看起来像德夫达斯[1]，我没刮胡子。赶到时，羽毛球赛已经开始了，经过苦苦挣扎，哈娜最终还是输掉了比赛。

哈娜、比娜、高拉夫和迪潘德拉站在场外，正在讨论他们失利的原因。我坐在远处，假装身体不舒服。我咳嗽得像只狗，有理由失败。五分钟后，哈娜走过来。

"嗨，哈娜，比赛输了很遗憾。"我避开视线，现在很难做到直视那双美丽的眼睛。

"是的，你应该遗憾，我在比赛前没能收到朋友的祝福。"

"对不起，来晚了，身体不舒服。"我说着又咳嗽起来。

"别说谎，高拉夫已经告诉我了，你和宿舍所有人都不说话。"

爱你，高拉夫，目的达到了，我在心里由衷地感谢高拉夫。

她接着说："阿杰，我们之间什么事也没发生。"我一言不发地听着，"什么都没有改变，阿杰。你仍是一个好朋友。"我平生第一次讨厌听到"朋友"这个词。

"从现在开始，你别逃课，也别再伤心了，我希望我的朋友恢复以前的样子。"

她像老师一样对我谆谆教导，我像个听话学生似的频频点头，好喜欢她关心我，也为装病感到内疚。我决定不再做这样的事，如果她爱我，总有一天会接受我。

又过了几天，我和哈娜之间仍然是"嗨"和"再见"。我把

---

[1] 德夫达斯，《宝莱坞生死恋》中的角色。

一切交给了命运,不再进行感情勒索,不再咳嗽,也不再不刮脸就见人,什么都不做了。我迷恋回忆先锋计算机辅导班的那些日子,有时甚至诅咒自己的运气。

2月21日　晚上8:30

银色手机震动起来,屏幕闪了一下,显示是哈娜来电。

"你好,阿杰。希望你现在不忙,我们能谈谈吗?"

"时刻为你准备着,女士。"我逗她。

"阿杰,认真点儿,别打断我的话。"她严肃地说,"如果现在有人问我,谁是我最好的朋友,那就是你。"她叹了口气:"即使有人问我最喜欢谁,那个人还是你。"

我兴奋地跳了起来:"那……"

"等等……别插嘴。"她命令道。

"是的,如果有人问我爱谁,我会说'是的,我爱阿杰',或者'是的,我爱你'。但是……"她叹了口气。这个"但是"要折磨死我了。

我凝神屏气。

"但是……我不明白这种爱。我所理解的是,你不仅仅是我最好的朋友。一旦我们完成学业各自安定下来,一定要和我们的父母说明,然后结婚。但在此之前,我们是最好的朋友,仅此而已。我挂了,以后再谈这件事。"

有的女生先谈恋爱，体验这种关系，然后再决定是否结婚。哈娜不是那种女孩，对她来说，恋爱和结婚是一回事。

"等等。"我恳求道。

"现在不行。今天只能我说话。"她说着挂断了电话。

今天，斋沙默尔变成了乞拉朋齐[1]，甚至有大雨——我乐得找不到北了。我在房间跳起舞来，熟悉的鼓点在心中律动着，大脑里开始播放优美的音乐——足足跳了15分钟，躺在床上时已经汗流浃背。当看到报纸上印着的爱情日历时，我不禁笑了，上面写着："2月21日，分手日。"

---

[1] 位于印度东北部梅加拉亚邦，是世界上降雨量最多的地方之一，年平均雨量达11430毫米。

欢迎来到爱情疯狂世界

我又多了一个好朋友——比娜。食堂、教室、实验室,几乎所有地方都是三人一起出入的身影,我们是超棒三人组。

比娜也是走读生,放学时她比哈娜走得早,善解人意地给我和哈娜留出一些空间,让我俩有足够的时间单独待在一起。感谢比娜的慷慨大度。

那是段美好的日子,如果你坠入爱河,夜晚比白天更快乐,小提琴似乎在耳边演奏着神奇的乐章。我从骑自行车升级到骑摩托,而"梦幻客机"正在与生锈的自然氧化抗争。哈娜的小摩托现在多了一个乘客,成为我俩共同的战车,载着我们去探索校园外的美景。

两年后,我们克服了见面时枯燥无味地说"嗨"和"再见"的习惯,现在会互相说诸如"爱你"和"想你"的浪漫情话。

第一年的考试结果出来了，女友排名第三，阿坎莎第二，比娜第八。我也稳固了名次，不过不足挂齿。很庆幸考试前向哈娜表白，否则经历了考试的灾难，她可能不会同意和我谈恋爱。

第二年也过去了，我设法稳住名次，哈娜不知道用什么办法占据了班级第三名，这对于一个把大部分时间花在餐厅而非实验室的女生来说是一项艰巨的任务。她常常帮助我，把笔记借给我和我的朋友们，现在朋友们开始依赖这些笔记，把哈娜当作他们的守护天使。

哈娜常常跟我分享她关心的事情，讨论我们的将来和工作，可我从不理会。我迷失在她的美貌之中，美得令我窒息。

我想抚摸她，但每次要偷摸时她都开玩笑地避开，涨红了脸说："忍住，潘迪，我们只比朋友关系近一点点儿。"听她说"忍住，潘迪"时我更难自控，有时我觉得她太理想化了，但这就是爱一个圣女的结果。

现在，几乎所有室友都有了女朋友。高拉夫与尼哈里卡确定了关系，迪潘德拉在和索米亚约会，阿尔温德和卡维塔在一起。朋友们，也许你们不相信，但他们现在都是幸福满满的已婚夫妇。不管怎么样，还是接着讲我的故事吧。

大三第五学期，二月的一天，哈娜来到学校，鼻头粉红。她一哭鼻子就变成粉红色，但仍然很漂亮。她昨晚肯定过得不好，老师讲课时就低声啜泣了两次。为了掩饰泪水，她避免和我眼神接触，找了个借口去洗手间。看她哭成那样，我备受煎熬。最后一个实验我想逃课,但比娜想参加,我便留她一个人去享受电路和信号了。

哈娜和我走进学校的一家餐厅,这里是所有情侣最喜欢的地方,因为只点一杯3卢比的茶便可以坐几个小时。我不知道经营这家餐厅的大叔是否赚钱,但大学时代这里总是人满为患。

"哈娜,发生了什么事?"我关切地问,"看你这样真心疼。"

"阿杰,你有多爱我啊,总是能注意到我。"她耳语般温柔地说。

"谢谢你明白我的爱,现在能告诉我为什么我亲爱的这么伤心吗?"我们彼此的称呼已从"阿杰"和"哈娜"变为"甜心"和"亲爱的"了。

她什么也不说,喉咙哽咽,鼻子变成红色。她依然那么漂亮,但现在不是被迷人外表分心的时候,我关心地安慰道:"别紧张,宝贝儿。不管是什么事,我都做好了准备。"

她突然哭出了声,抽泣着说:"阿杰,我爱你。我不想失去你。"

我起了一身鸡皮疙瘩,不解地说:"太好了,亲爱的,不过求你别哭了。"

安慰她时,我意识到一个奇怪的事实——越是让女孩别哭,她越哭得厉害。

"我的家人完全反对恋爱结婚这种事情。"她说着又开始抽泣。

"说详细点儿。"

"我家一个近亲恋爱结婚,爸爸知道了这件事,便主动警告波亚·迪和我,他不会容忍我们家出现这种事。现在家里情况很糟。"

她又开始哭了。

"等等,哈娜,这一切跟离开我有什么关系?"

"嗯……"她开始啜泣,"看到家里现在这样子,我在想……"

"继续说,哈娜,把一切都说出来,我能理解你内心的感受。"我焦急地说。

"对于父母来说,没有什么比孩子违背他们的心意更悲伤和不幸了。"她极力控制自己的抽噎。

我不顾一切地想要拥抱她、安慰她,但 IERT 不允许男女生拥抱。我握着她的手说:"什么都不用说,哈娜,我明白了,你打算为家人牺牲自己的爱情。"

"对不起,阿杰,请理解我。"她说。

这有什么需要理解的?我糊涂了,她有时的高尚行为能使人晕倒。

"所以,我们之间就这样分开了?"我质疑道,"这么说,这就是你对我所有的爱了?"

"我爱你,阿杰。我眼里流下的泪水就是这一切的证明。"她沮丧地说,明显我的话触动了她,"阿杰,如果我们不能为家庭做出牺牲,那我们就不会爱任何人。"

我知道自己对她有偏见,做孝顺女儿的细菌总是妨碍她成为一个优秀女朋友。

有那么几秒钟,我失去了知觉,现在我只知道她对我有多么认真,所以能理解她的感受。她这个决定令我充满敬意,我暗下决心,永远不会离开一个如此善良、愿意为家庭牺牲爱情的好女孩。我轻轻地握着她的手,抬起她的下巴。

"哈娜,你是个好女儿。每个家庭都应该有一个这样的女儿……"

没听我说完她就打断了我:"阿杰,我没有兄弟,父母总是把我们当作儿子。我不能离开他们。对不起,阿杰,忘了我吧。"

"你遇到麻烦我怎能离开你?"她皱了皱眉,我继续说,"如果你爱上别人,我会离开你,但现在这种艰难时刻,我不会离开你。"我像个富有浪漫主义情怀的英雄。

这些印地语电影培养出许多罗密欧:"现在,回答我,如果你父母能被说服并认可我们的关系,你愿意嫁给我吗?"

"如果他们同意,那将是我此生最美好的一天。"她喜悦地说。

"把一切都交给我吧,我会说服你父亲。"

"阿杰,我知道你擅长说服,但你不了解我家里的情况。"

"但你了解我。"

"那我妈妈呢?"她像是一个在为玩具讨价还价的孩子。

"是的,我也会说服你妈妈。"我笑了。

"但怎么说服呢,阿杰?怎么说……"

突然,比娜走进餐厅,她也注意到哈娜情绪不佳,做完实验马上赶过来安慰。

"嗨，比娜，哈娜正问我怎么说服她父母同意我们的事。"我笑着说。有第三个人在场，气氛发生了变化。那天我意识到，有时候情侣不适合单独相处。

"正如哈娜所说，我是世界上最有说服力的人，但她仍想让我解释怎么说服她父母。"我跟比娜转述情况。

哈娜一句话也没说。为了提高她的情绪，我说："比娜，咱们玩个游戏吧，你假装是哈娜的父亲，我是阿杰——哈娜的未婚夫，来说服你同意我娶哈娜。"

比娜在我对面坐了下来，哈娜坐到我旁边，我和比娜开始表演。我请求比娜："叔叔，我是来娶您女儿的，我非常爱她。"

"如今孩子们都不听父母的话。"比娜说。我目瞪口呆地看着她，不知道该说什么，她的话似乎使哈娜更难过了。

"叔叔，我饿了。"我对比娜说。

"哦，哈娜，家里来客人了，拿点儿东西吃。"比娜说。我让哈娜去取一些肉饼，然后和比娜商量起来。

"比娜，你必须很容易被我说服。我不是娶你的女儿，好吗？"

"好吧，阿杰，我明白。"比娜小声说。

哈娜回来后，我们重新开始表演。

"叔叔，请把您女儿的手交给我，我具备保证婚姻美满的所有品质：面色红润，已经找到了工作，而且不会向您要嫁妆。我结婚完全不需要你们拿钱。"

"不要我们的钱？那为什么只要她的手？把她整个人都带走。"比娜说。

哈娜笑了，样子美极了，鼻子粉红，笑容可爱，脸上还出现了酒窝。

当天，我在男生宿舍里自言自语："罗密欧·潘迪先生，你花了十个月才赢得哈娜的心，说服她父母至少需要十年，而你那一直吟诵上帝布道的父母又该怎么办呢？对他们来说，种姓和宗教就像氧气和血液，你得需要几个世纪的时间才能让他们接受不同种姓之间的婚姻啊！潘迪先生，你惹了许多麻烦，欢迎进入爱情的疯狂世界。"

第二章

情感大戏

为工作奋斗

几乎所有朋友都报名参加了一家一流 MBA 培训机构的辅导课,然而讽刺的是,没人对攻读 MBA 感兴趣,大家只希望把它当成一个备选项,以防校园招聘时找不到工作。作为一名随波逐流者,我又加入到激烈的竞争之中。

在这件事上,我违背了自己的诺言,之前曾下决心:我,阿杰·库马尔·潘迪,斯里·斯里·S. N. 潘迪的儿子,绝不会再把家里的钱浪费在培训机构上。

我已经不是第一次违背诺言了,过去违背过许多,但兑现了一个,你们明白我指的是什么。咱们还是把注意力放在即将到来的战斗上。

大三就要结束了。哈娜的姐姐和男友幸福地结婚了,他们得到了家人的同意和祝福,"准姐夫"变成"姐夫"。这是一段爱情婚姻，点燃了我们的希望，有关婚姻的积极想法使我和哈娜的关系更密切了。

那时哈娜也有了手机，但我们很少打电话。我们不是那种早上醒来会互相说"亲爱的""宝贝儿""亲亲"，到了晚上又相爱相杀的情侣。哈娜以前每样东西都准备两份：复印好的笔记、杏仁、作业和图书馆的书。现在校园里人人都知道我俩是情侣，我们的经历鼓励了很多人。一切很顺利，我们非常享受大学在一起的美好时光。

但当下面这条消息出现在大学公告栏时，情况发生了变化。

毕业生第一家公司招聘信息

招聘公司：萨蒂扬计算机服务有限公司

招聘地点：阿拉哈巴德联合工程与研究学院节点中心

招聘方式：第一轮笔试，第二轮小组讨论，第三轮人力资源面试

这条消息把我们的所有幸福一扫而光。学校里的气氛完全变了，每个人都摩拳擦掌，在为这个机会做准备。

我们这些住宿生凑在一起，点子更多。每人都尝试了一些技巧，还从"新手网站"和以前的考试中心找来一些试卷样本，

大家误以为笔试可以应付。

重要的一天到了。我们来到就业中心,成千上万名踌躇满志的工程师们也到了,像一群迁徙的西伯利亚鸟。六辆巴士载着各校毕业生抵达这里,我感到体内压力噌噌上蹿。看着这些人,我对笔试的希望破灭了,很快,压力达到峰值。

我对哈娜和比娜说:"我吓出尿了。"

"我不喜欢你的用词,但我也是。"哈娜紧张地说。

"我觉得我肯定通不过。"比娜又加了一句。

我们盯着那些好似西伯利亚鸟的学生足足5分钟,然后我开始思考怎么随机应变,这时,一个狡猾的念头闪过大脑。

"看见了吧,女士们,现在我们必须联合行动。"她们皱了皱眉,我继续说,"笔试是15个问题,30分钟,那么每个问题我们有2分钟的时间。如果没有时间限制,所有问题都能找到答案。"

她俩像小孩一样点了点头。

我指着哈娜说:"你从第一题开始答,能做多少做多少。"然后又指比娜,"你从最后一题开始答,首先是第十五题,然后是第十四题,按这个顺序答。记住,每个问题有5分钟的时间。"

"这样的话,我们只解决六个问题吗?"比娜有点儿困惑。

"不,比娜,我们用20分钟,只能解决四五道题。"

"那其余的怎么办?"比娜问,"你做什么?"

"我从中间开始。咱们必须20分钟完成各自任务,剩下10分钟用手势交换答案。"我摆弄着手指向她俩解释,仿佛在教两个笨学生。

我们成功了。哈娜、比娜、迪潘德拉和阿尔温德与我都通过了笔试,进入下一轮的激烈角逐。两小时后公布了结果,哈娜、比娜和我又通过了小组讨论环节。

现在,我们面临的最艰巨任务是等待面试。每人面前是一份长达5页的面试表格,上面是一些关于学习和爱好的基本信息。

哈娜和比娜很紧张。我对她俩每人进行了一次模拟面试,并问了她们许多可以预见的问题,然后又给了一些建议和纠正,就好像我自己有上百次面试经验似的。

面试一直持续到晚上九点。所有人都筋疲力尽,还要几个小时才能有最终结果。我的头很疼,叫哈娜一起出去呼吸些新鲜空气,比娜留在里面,结果公布时叫我们。

我们离开大楼,在花园的一个角落坐下来。校园里剩下的学生已经不多了,无法进入下一轮考试的人已经走了,这里看起来比早上感觉好多了。

"感谢上帝,西伯利亚的鸟儿回到了西伯利亚。"我开玩笑地说。

我在花园里躺了下来,哈娜坐在旁边。

"阿杰,怎么了?累吗?"哈娜关心地问。

"我的脑袋和腿都很疼。"我按了按腿。

"我也头疼。你的腿怎么了?我早注意到你腿上的骨头好像有毛病,看起来问题不小。"

"是的,亲爱的,我连续站两个小时就骨头疼。"

"你该去看医生。"她抚摸着我的头。

为免她过分担心,我说:"女士,看看周围,这是一个多么浪漫的夜晚。晚上九点半,我躺在花园里,你在我身边,让我们好好享受吧。"

"是的,你说得很对。"她笑着说。

"哈娜,想象一下,如果我们在同一个城市进入同一家公司会怎么样?"

"哇,那就梦想成真了!"她的想象力复苏了,"软件公司一周休息两天,我们每个周末都会很开心,参加疯狂的聚会。咱俩都赚钱,父母就容易同意婚事。我们很快会结婚,永远在一起。"哈娜沉浸在自己的梦想之中:"我要带阿尤什曼和潘库迪去看你的模仿秀。"

"阿尤什曼和潘库迪是谁?"我好奇地问。

"我们的孩子。"她脸红了。真是令人难以置信,我们还没到讨论孩子的年龄呢,恋人总会做出一些疯狂的事。

"什么?你自己就给两个孩子起名了?你不觉得有必要和我商量下吗?如果生的是两个男孩或两个女孩呢?"我提出一连串的问题。

"那你就有机会给老二起名字了。"她捏着我的脸。

突然,忧心忡忡的比娜打断了我们的一系列浪漫梦想:"哈娜,阿杰,进来!结果出来了。"

三人来到大厅，我坐在中间，哈娜和比娜坐在两侧。一位南印度部的人力资源经理站在大家面前，开始往我们耳朵里灌那些不想听的"智慧"。

"亲爱的工程师们，名单里没有名字的人是幸运者。"他挥舞着手里的那张纸，"别难过，因为他们有机会进入比萨蒂扬更好的公司。"他说这些话的样子仿佛因自己是萨蒂扬的员工而感到羞愧。

他继续在鼓舞人心地演讲着，但没人注意听。我心跳加快，即使是在震耳欲聋的噪声中，仍能清楚地听到自己的每一次心跳声。如果叫到我的名字，我担心会因兴奋过度而心脏病发。虽然是凡夫俗子，但我仍开始默念每位神的名字，向安拉、耶稣、那纳克以及所记得的每一位神祈祷，甚至向数以百万计的印度神祈祷，但在匆忙中我很可能念了一些魔鬼的名字。人力资源经理在讲了20分钟大家不想听的至理名言后，终于开始念名字了。我看了看哈娜，她闭着眼睛，忙着念一些相同的神的名字，我意识到周围所有人都在祈祷。

今天神的带宽会拥堵吧，我低声对神说："这个时候不要使用政府网络，用私人运营商的吧。"

每念到一个名字，周围都会响起掌声和欢呼声。哈娜仍在祈祷。她紧紧地握着我的手，好像在医院待产房里似的。这是哈娜第一次这样抓紧我，很浪漫，但恐惧的力量更大。我心潮澎湃，再次祈祷："神啊，你从来不听我说话，但今天至少听她说吧。"

接着,我听到了心爱人的名字:"哈娜·普拉丹!"她松开我的手,加入到入选的学生队伍中。几个名字之后,另一个名字响起:"比娜·米什拉。"比娜也离开了,我开始咒骂那些几分钟前一直在被乞求的神。

"神啊,为什么每次都是我?为什么是我?你至少应该考虑下哈娜的请求啊。"

我呆在座位上,泪水顺脸颊滚落。"你不应该伤心,阿杰,你伤心的脸会毁了哈娜的胜利时刻。"我安慰自己,"心爱的人找到第一份工作,我要收拾好心情。"

十五分钟后,大家都出去了,空气中充满"我成功了""感谢神"和"爱你"的欢呼声,每个人的胜利都溢于言表。

哈娜走过来,鼻子粉红,眼睛湿润。四目相对时,我俩都哭了。

这种场面实属罕见:一个女孩得到第一份工作后居然哭了,而且这份工作还是来自一家跨国软件公司。她仿佛失去一切,我能感受到这时彼此间那份爱和患难与共的情谊。

"祝贺你,亲爱的。"我强颜欢笑。

她打断我说:"别说这些废话,别隐藏你的情绪。"

"别担心,没听人力资源说吗,没被选上的人才幸运呢,等待我们的是福利更好的公司,到那时你会嫉妒我。"

她直视我,我能看到那双眼睛里虽没有泪水却流露出痛苦。她说:"我永远不会嫉妒你,阿杰。"

当时经济蓬勃发展，有许多软件公司来学校招聘。我参加了塔塔、威普罗、印孚瑟斯、斯坦、拉森特博洛信息科技等七家巨头公司的面试，但运气一直没到，每次都遭遇命运的诅咒。

每次招聘考试前哈娜都送来祝福，但神却没有时间理睬我。朋友们都找好了工作，我彻底失去信心，感觉人垮了。我没跟家里任何人提找工作的事，但迪潘德拉和阿尔温德进入印孚瑟斯后，每个人都知道了我的工作还没落实。普通入学考试（Common Admission Test，简称CAT）成绩出来了，我的坏运气仍在继续，无法改变命运。

胡里节[1]假期，我回家了。

我躺在床上诅咒自己，想起所有糟心事，一切都是咎由自取："是的，我要对这些失败负责。我是坏人，应该得到这样的结果。"

正自我贬低时，老爸走进房间。

我假装睡着了，他躺到身旁。

"索努。"老爸捅了捅我。

"什么事，爸爸？"

"工作找得怎么样了？"他摸着我的头问。

"没什么，老爸。只有印孚瑟斯来招聘过。"我没提其他公司。

"我看报纸说印孚瑟斯今年将招聘2万人。"我没出声。真

---

[1] 也叫洒红节、欢悦节、五彩节、胡里节、荷丽节，是印度人和印度教教徒的传统节日，其地位仅次于灯节，也是印度传统新年（新印度历新年于春分日），时间是每年的印度历12月的月圆之夜。

无聊，老爸却饶有兴致。

"别担心。塔塔计划招聘15000人，威普罗招12000人。萨蒂扬也会超过15000人。"

我感到麻木，不断咒骂自己，这些公司招这么多人，但你一个都进不去，蠢货！

"别担心，儿子，还有三个月时间，更多公司会到你们学校去招聘。"老爸说。

"是的，我还有希望。"我低声说。

"儿子，别灰心，现在才只有一家公司来招聘过嘛。"他叹了口气，"可能是因为阿拉哈巴德离班加罗尔和浦那很远。"

我说不出话来，喉头哽咽，快要哭了，但还是得忍住。老爸接着说："MBA学费每天都在上涨，你的CAT结果怎么样？如果被录取，你还读MBA吗？"

我再也忍不住了，像个孩子似的大哭起来。老爸抱住我："没事，儿子，不用担心MBA学费，如果你想读，我会设法筹钱，可以从公积金中取出一些钱来。继续读吧，别哭了。"

我骂自己，你是个坏儿子。

我边抽泣边坦白："爸爸，你刚才提到的所有公司都已经去过我们学校了，但你的儿子一个都没能进去。"

"别担心，儿子，去读MBA吧。我们会把一切安排好。"他说。

老爸抱着我拍着我的背，我实在没有勇气再告诉他，我把

CAT 也搞砸了。

2007年4月,哈娜想去阿拉哈巴德的曼卡米什瓦尔神庙。她听说神庙的主神尚克巴万或湿婆神非常厉害,他的带宽对于像我这种没运气的人来说是免费的。

我陪她去了寺庙。她默默祈祷,很容易猜到在求什么。我总能理解她的祈祷,也许这是我四年电子工程学生涯中学会接收的唯一信号。我只祈求神能听听她的声音。寺庙祈祷结束后,我们去了亚穆纳河岸边的萨拉斯瓦蒂加特,这里是著名的旅游景点,可以看到悬挂的亚穆纳大桥全景。如果我能把所有无关的人剔除,这里会变成天堂的港湾。

"MAT 什么时候出结果?"MAT 是另一项 MBA 入学考试。

"下星期。这是我最后的希望。"我叹了口气,面带沮丧,递给她一封信,"我写了这个,看看吧,亲爱的,我没勇气当面说。"

哈娜:

我一生都在挣扎,从未轻易得到任何东西。我苦苦奋斗了两年想考 IIT,但最终还是来了 IERT;几乎所有来学校招聘的公司我都面试过,但你知道结果;我甚至很努力地为 MBA 入学考试做准备,但好像结果也不太好。我总是竭尽所能,可运气从不站在我这边。我的信心被碾压，没有勇气再战斗，我是一个彻头彻尾的失败者，如果你和我在一起，总有一天你也会变成失败者。如果你觉得我的运气已经开始影响你，接下来的两天不要再接我的电话，之后我就不会再打给你。我爱你，我不能看着我爱的人一起受苦。

爱你，阿杰

我以为她读了之后会发脾气，但她平静地说："阿杰，我要把这封信放在包里，将来给我们的孩子看。"

每当情绪难以控制时，我都一声不吭。

"你以为所有找到工作的白痴都比你强吗？不过是他们的运气好而已。没什么你做不到，随着时间流逝，你会明白的。阿杰，你根本不是一个不幸的人。看……即使遭到这么多拒绝，你仍没有投降，还在战斗。"哈娜努力找理由使我振作，尽管她自己也很痛苦。

我一言不发。她接着说："阿杰，你想让我为了自己的幸福离开你吗？谁会比你更爱我？我怎么能在你陷入麻烦时离开呢？"

她又笑着说："阿杰，还记得吗，当我经历不愉快哭泣时，我决定离开你了吗？当时你是怎么说的？你说：'当你遇到麻烦时，我怎么能离开你？'可今天你却让我离开你。"她停顿了一下，眼含泪水,"阿杰，即使明天就死去，现在是我最后的机会，我也会说，你是我生命中最好的人。"

那天晚上，当我躺在宿舍床上思考未来和哈娜时，突然手机震动，收到一条哈娜的信息。

世上有两种性格。

有些人什么都有，却仍然抱怨，仿佛一无所有；有些人失去了一切，却活得好像生命赋予了他们全部。有时一个灵魂中同时存在这两种性格。杀死第一种，我爱第二种。

是的，阿杰，我爱你，你是我最好的伴侣。

交朋友容易，但保持友谊却很难。

泪水涌上我的眼眶，她这条满怀爱意与关怀、见解深刻的信息使我不得不去思考：我失去了什么？我为什么在老爸面前哭？我有一个充满爱的家，还有一个这么可爱的伴侣。我在为一份工作哭？不，阿杰，你不能为此哭泣，身边有这么好这么支持你的人，是多么幸运啊。

这个想法让我充满希望，那天晚上十二点半，我给她回了短信："爱你，哈娜，我永远不会投降。"

从海得拉巴到浦那

几天后,MAT 考试结果出来了,我总算被一所著名的 MBA 学院录取。对我来说,这所学校甚至比印度管理学院(Indian Institutes of Management,简称 IIMs)还好,有两个充分理由:首先,它比 IIMs 多了一个 M,叫"IIMM"(Indian Institute of Modern Management, Pune,即印度浦那现代管理学院);其次,这所学院研究现代管理,而以前我是在农村技术学院读工程专业,按哈娜的说法,她已经把乡巴佬潘德吉变成了时髦现代的潘德吉。

辉煌的四年工程学专业学习终于结束了。尽管一直渴望能得到一份工作,但可以说那四年是我一生中最美好的时光,它给了我一切——真正的朋友、美好的回忆和一生的天使。

一年半后,哈娜已经在海德拉巴的萨蒂扬软件技术有限公司工作,我也在浦那的 IIMM 完成了三个学期的 MBA 课程。

这所大学在各方面都提供了一些附加值，或许是多出来的那个M，或许是我拥有了额外的运气。

2008年十胜节[1]，我得到了工作机会，五年半的失败沮丧终于画上句号。一年半的分离对我和哈娜来说仿佛是十年，我们几乎每天打30分钟电话，周末打一个小时，我俩由衷地感谢阿尼尔·德赫·阿巴海·安巴尼和信实电信——晚上打电话免费。

IIMM似军事化管理，必须保持95%的出勤率，我无法去见哈娜，于是哈娜乘侯赛因萨加尔快车在排灯节早上到达浦那。

排灯节凌晨，我来到浦那火车站，侯赛因萨加尔快车马上就要进站。即使是凌晨一点，我也兴奋得没有丝毫倦意。第一次给哈娜买了一束花，我走到站台上，看见一个司机举着个牌子，上面写着："阿斯萨博士。"

灵机一动，我想到一个点子。

站台上贴了许多广告传单，一面是彩色照片，另一面是空白。我揭下一张传单，想在空白那面写点儿字，但现在是凌晨1点15分，找不到任何可以写字的东西。

似乎女人在一天中任何时候都可以化妆，一位女士正坐在旁边涂口红，我鼓起勇气，走到她面前说："您好，阿姨。"

称一位女士为阿姨简直罪不可恕，她瞪着我，我迅速纠正措辞："对不起，女士，老板就要到了，可我忘了带接站的牌

---

[1] 印度教节日，也是全国性的重大节日。根据印度历法，一般是在公历九、十月间，一连庆祝10天。

子，手机也不好用。"

"我不会把手机借给陌生人。"她打断我的话。

"哦，对不起，阿……我的意思是，女士，我不用手机，只是想在这上面写点儿东西，可以借您的口红用下吗？求您了！"我对她咧嘴笑，但用"求您了"这个词哄她高兴似乎未能奏效。

"先生，这可是欧莱雅！"她不悦地看了我一眼，好像我要的是她全部财产。

"好吧。"我在旁边坐下来，假装很悲伤。她看了看我手中的花，女人们终究是善良的，她看到我脸上那副表情时心软了。

"可以借你铅笔，把这张纸给我，我给你写。"

铅笔？包里有铅笔，她是老师还是学生？

她打开包包，我偷瞟了一眼，里面有数不清的瓶子、一些管状物、一面镜子、一把刷子，还有很多其他东西，真为那包包感到难过。在"大海"里摸索一阵后，她拿出了眼线笔。女人要用这么多美容产品，我有点儿吃惊，不知道哈娜是不是也这样？

"告诉我名字。"她说。

我想了一下，说："潘迪夫人，老板太太。"

五分钟后，火车进站，哈娜打来电话，兴奋地说："阿杰，你亲爱的已经到站了，你在哪儿？"

"往站台四周看看就能找到我。"挂断电话，身旁的女士像看恐怖分子似的看着我，喃喃道："你手机坏了？"

我没回答，忙着迎接许久未见的宝贝儿。眼前的哈娜已不是从前模样,她穿着一件白色上衣,下身搭配蓝色牛仔裤,短发长了八英寸,眼镜不见了,前额装饰着一个可爱的眉心贴,走近我才发现那不是眉心贴而是一颗痣。这颗痣恰到好处,仿佛是神在为我打扮她的前额。据说情人们久别重逢就会发生这种事。

我以前从来没注意过她额头中心有颗痣,也许是一直没那么引人注目。看到我做的接站牌,哈娜走过来亲了个遍,然后一把抱住我,浦那人比阿拉哈巴德人更乐于接受拥抱。

情侣们在公共场合久别重逢难免举止亲密,要避免这种情况,就需经常见面。我把手中的花递过去,她闻起来,仿佛那是世上最珍贵的香水。

"太想你了,亲爱的。"哈娜说。尽管拿候补票上车,但她脸上看不出丝毫疲倦。

"排灯节快乐,亲爱的。"我说。

"这个排灯节是最快乐的,阿杰。"她捏了捏我的脸颊。

借我眼线笔的那位女士仍盯着我们,仿佛要把我生吞下去,愤怒得嘴唇上的口红似乎要消失了。她怒目圆睁,问道:"这是你老板?"

"这是潘迪太太,她是我的老板。"我答道,接下来的那句话无异于火上浇油,"谢谢,再见,阿姨。"

说完,我们迅速溜走了。

早就做好了安排,让哈娜住女生宿舍。我开动朋友的自行车往瓦卡德骑,老板坐在车后座闻着花香。

"你读大学时用哪种口红?"我边骑边问哈娜。

"什么?你疯啦,我在大学里没涂过口红,你从来都没注意吗?"我意识到自己又犯错了。

"你的嘴唇总是红的,我以为你用了口红。"我辩解着,切换到不那么危险的话题,"哇!看,浦那的天气多凉爽,排灯节一切看起来都超美。"

女生就是女生。哈娜说:"我听说过很多关于浦那女生的事,特别是 IIMM 的女生,你说的口红跟她们有关吧?"

我叹了口气,向她和盘托出。

30 分钟后,我们快到阿恩德了,天气骤然变坏,下起瓢泼大雨。浦那的雨总是让人措手不及,我把自行车停在树荫下,俩人坐到角落里。天很凉,一阵刺骨寒风吹来。附近停了一辆车,我们注意到车里有一对情侣在接吻,"接吻"这个词着实不恰当,他们似乎要把对方吃下去。

雨还在下,我看了看自行车。

"有辆车就好了。"我嘟囔着叹了口气。

"阿杰,你干吗呀,以前总骂你那辆自行车,现在又骂这辆?"

"在车里接吻比在大街上好得多。"

"你这个大傻瓜,永不知道感激生活已赋予你的一切。"她把双手伸向天空,从避雨处走了出来。

"看,多美的排灯节之夜。雨在欢迎我,我和世上最好的人在一起。"

我怎么能自己避雨呢？我们完全湿透了。哈娜说："唱首歌吧，阿杰。"

为了不让自己那狼嚎的声音坏了她的兴致，我拿出手机搜了一首歌，然后放进塑料袋里以免被雨浇湿。

> 当你来的时候，我的爱人，花园会盛开。雨会为你跳舞，这就是我们两颗心相遇的方式。

这是哈娜最喜欢的电影《忽然遇见你》中的插曲。

哈娜在路边翩翩起舞。我第一次发现浦那非常浪漫，哈娜对雨的热爱是这场浪漫的催化剂。我们浑身湿透，我骑上自行车，现在避雨已经没什么意义了。

为了配合她，我改了歌词，一起唱起来。

> 当你来的时候，我亲爱的哈娜，花园会盛开。雨会为你跳舞，这就是两颗心如何再次相遇。

IIMM 是唯一一所全年都有课的大学。虽然没有假期，但每个节日学校都会安排庆祝活动，这次校园里组织了大型烟花表演。到达 IIMM 时，我问哈娜："女士，给我带什么了？"我过去常常称她为女士，也许我们正跨越丘比特恋人的界限。

"给你带了两样东西，一个是卡拉奇面包店的饼干。"她递给我一个小包。

我像个饥肠辘辘的怪物似的迫不及待地打开包裹，饼干一半在嘴里一半露在外面，这时哈娜说："第二件礼物……"她递给我一封被揉皱了的信。

打开一看，正是我在求职期间遭到多次拒绝感到绝望时写的那封信，那时考虑要结束我们的关系。我陷入了沉默。

"阿杰先生，你还相信吗？"

"不，这不公平，你说过要把它给我们的孩子看。"

她抚摸着我的脸说："阿杰，记住你说过的话——永不放弃，在生活中照做，好吗？"她像个老师似的，不过我喜欢生活中有这么一位可爱的老师。

"是，女士。"我回答得像个听话的学生。

我们坐在学校的餐厅里，哈娜打开了一包卡拉奇面包店的饼干。

"过去五分钟，你像只熊猫似的一直在吃饼干，要和你的朋友分享嘛。"哈娜说，"要知道，你是一个货真价实的婆罗门。"

"别损我，女士。明天你也会成为婆罗门。"我说。

她脸红了，任何与婚姻相关的话题都使她兴奋。

"你在这儿的朋友都有谁？"她问道。

"阿米特、莫辛和维巴夫。"

"你昨晚是向维巴夫借的自行车?"她问道。

"是的,我们是好朋友。"

"他就是遇到姻亲问题的那个人吗?"

"是的,印度社会的古老问题——跨种姓婚姻。他是婆罗门,女孩来自另一个种姓。"

"你也是婆罗门。"

"哈娜,别说了!我一听到自己是婆罗门就起鸡皮疙瘩。"

坐在食堂里,我俩给路过的漂亮女生打分。看不出是排灯节,倒更像是一场即将开始的时装表演,几个女孩穿着无袖上衣,有些穿着迷你裙和超短裙,有的穿着无背上衣,有的肩膀露出一半,领口开得很低。时装秀还在继续,然而来自海得拉巴穿牛仔裤的女生睁大眼睛看着这一切,被惊得嘴都合不上了。

"夫人,至少把嘴合上,否则其中一个女孩会跳进去。"

"浦那女孩真性感。你还是一个……你懂我的意思吧?"她开玩笑道。

我俩都笑了。

"阿杰,MBA经历怎么样?现实生活中用到管理原则了吗?"她不停地说话,以至于我的眼睛无法去瞟其他女生。女朋友在身旁有助于集中注意力,即使是在如此令人分心的情况下。

"问题即机会。"我说。

"这是什么鬼话?"她问道。

"我只记得这句话。巴拉先生是我的辅导员,他一年到头都说这句话。"

"真烦人。他给你制造一个问题,然后让你找出其中隐藏的机会?"哈娜对我没能得到排灯节的假期感到气愤。

"别担心,女士,这里有机会观赏精彩的烟火表演。"

大家都往烟火表演的空地走去。两个身材火辣的女孩朝我走来,边走边挥手打招呼。

朱希喊道:"排灯节快乐,阿杰!"她给了我一个拥抱。尽管很享受这个机会,但我还是转过脸去咧嘴大笑,测算了一下问题的大小。哈娜酒窝里的双颊完全圆了,就像有人在她头上炸了一枚原子弹,而当第二个女生拥抱我时,它变成了一连串冲击波。

我笑着说:"排灯节快乐!见见我的女朋友——未来的妻子哈娜。"我故意说"妻子",希望可以缓解哈娜的愤怒。

"祝你们排灯节快乐。"哈娜漫不经心道。

朱希明白了眼前的形势,叹了口气说:"潘德吉,问题就是机会。"

那天,我意识到一个奇怪的生活常识:如果你的名字后面跟着潘迪,那么没有人会称呼名字而是叫你潘德吉。

她俩离开后,只剩下小牛和母老虎单独待在一起了。

"我们只是朋友。"我笑着说。

"浦那女生真淫荡!当着我的面都这样,我不在时会发生什么事?还有,为什么所有人都叫你潘德吉?"

"她们爱我。"提到"爱"这个字眼,我又引爆了一枚炸弹。

"她们爱你。"她重复道,给了我一个白眼。

"她们像朋友那般爱我。"我大惊失色。

"然后像兄弟一样拥抱你?"她直视我的眼睛。

"你知道,哈娜,这是她们的日常礼仪……"我想继续寻求怜悯,但她大笑起来。女生们就这么奇怪,对什么都发笑。

她打断我说:"阿杰,只是开玩笑,我了解你。但如果有人拥抱你,我还是会嫉妒。"这段感情戏又持续了十分钟。

突然,又有一个女性朋友进来了。我双臂交叉抱在胸前,这样艾薇尼特无法扑过来拥抱我。

"排灯节快乐,艾薇尼特。见见哈娜。"我故意提到哈娜。

"排灯节快乐,哈娜。潘德吉先生,女朋友在这里,你甚至都不拥抱我一下了?"艾薇尼特说。

哈娜眼睛瞪得似沙漠上空的灼热太阳。突然,一声巨响在空中响起,校园里的人都跑去看烟花。对我而言,这场演出提前十五分钟开场,然后持续了半个小时。

从浦那到孟买

哈娜该返程了,我们来到浦那火车站。

"侯赛因萨加尔快车在哪个站台?"我问一个穿红衣服的小工。

"你要去哪里?"他问。

"这跟你有什么关系?知道就告诉我。"我不悦道。

"四号站台。"他说完走开了。

我们在站台上找了个位置坐下来等火车,真希望火车一直延误,我搂过哈娜的肩膀。

"阿杰,爸妈让我去相亲,必须尽快告诉他们咱俩的事。关于结婚,你的计划是怎样的?"她问道。

"他们不能等你的业余 MBA 课程结束再谈吗?"

"那只是我为了争取时间撒的谎,现在他们知道我对 MBA

不感兴趣,最多可以拖一年。"

"我还没有进公司工作,上班后至少需要两年时间来适应职业生涯,之后就能结婚了。"

"那你就娶一个学校里拥抱你的女生吧,我爸妈等不了一年多。"哈娜坚定地说,"他们也不会等我同意才开始给我找未婚夫。"

"那就让他们找吧,等他们为你找到对象时再提我。"

"阿杰·库马尔·潘迪先生,首先请向我保证,你会说服我爸妈。"

"好的,亲爱的,我会和你父母谈。"

"阿杰,任何一个印度行政机构工作人员或公务员出现,都会把你跟他们做比较,到那时就不可能说服爸妈了。"我脑海中浮现出这两类"恶棍"的形象,一时间,痛恨起所有未婚政府官员来。

"好吧,我先告诉我爸妈,然后再告诉你爸妈,请给我至少六个月喘息时间。"我叹了口气,天使现在仿佛变成了恶魔。

"阿杰,有一件事要先说清楚:任何情况下我都不会离开家人,我可以一辈子不结婚,但不会跟他们作对。总之,我不会离家出走结婚。"

"出走结婚?没人在婚礼上跑步。"

"能认真点儿吗?"她说,仿佛过去二十分钟里我们一直在扮演汤姆和杰瑞[1]。

"不能认真谈这事,否则我会心脏病发。"

"阿杰,我知道你能说服他们。"

"你怎么知道我能做到?我现在自己都不确定。"我叹了口气。这时火车进站了。

印度铁路有时像神一样,从来不听我的话。我恨印度铁路。

"哈娜,别走嘛,你才待了一天。"我说。

"阿杰,别这样,你知道票是怎么订的,我也没办法。"我们互相拥抱后心情沉重地分开了。

回到房间,凌晨三点左右我才睡着。早上六点睡得正香,电话响了,我刚要接,对方却挂断了。

"究竟是谁这么早打电话给我?"我半梦半醒地大叫。

打个哈欠,睁开一只眼睛看了看,我惊呆了,屏幕显示一个座机号码已拨进 17 个未接来电。

哈娜出什么事了吗?突然电话又响了,我接起来。

"阿杰,我在孟买。"哈娜像个孩子似的边哭边说。

"怎么在孟买?"我现在完全清醒了。

"我也不知道怎么回事,可能是坐错了火车。"她哭得更厉害了。

"好的,好的,别哭,哈娜。现在去买张票。只要买一张当

---

[1] 动画片《猫和老鼠》中的主人公。

地票，坐在女士车厢里，到浦那下车。剩下的我来处理。"

"好吧，我试试。阿杰，想你。"

"我也想你。记住，哈娜……每个问题都是一个机会。"我说。

"这件事的机会是什么？"

"好吧，算我没说。按我说的做。"

我上网搜索，想搞清楚怎么回事。原来，凌晨浦那火车站发出两列侯赛因萨加尔快车，一列是凌晨1点15分发车到孟买，另一列是凌晨1点25分到海德拉巴，它们是两个不同方向。

我的电话又响了。

"阿杰，队伍很长，我买不到票。"她又哭了。

"听着，哈娜。"我解释道，"你的手机怎么了？"

"不好使，也许是那天晚上被雨淋坏了。"

"别担心，我马上就去孟买。我没法给你打电话，你一定三小时后给我打电话好吗？听明白了吗？"

说这些话的时候，我觉得自己像一位老师。

"好的。"

"在那之前，保持冷静，不要惊慌。"

我拿出驾照准备动身去孟买。但因为只睡了三个小时，眼睛每隔几分钟就不自觉地闭上，骑了半公里，几乎睡着两次，身上开始起鸡皮疙瘩。我把自行车停在路边，与身体抗争，把几加仑水泼到脸上，生气地喃喃道："永远不要投降，阿杰，永远不要投降。"

眼睛却在投降。我祈祷着,神啊,请帮帮我。

电话震动,一个未知固定号码正在呼叫。

"阿杰,我买到票了。一个警察叔叔帮了我。"

"我在浦那车站等你,但你的手机坏了,我怎么能知道你到了呢?"谢天谢地,我的大脑没像眼睛那么疲惫。

"我乘当地火车,九点发车,三小时左右到达。到站时四下看看,就能找到我。"她建议。

"爱你,亲爱的。我一定会在站台上等你。"

12点,从孟买方向开来的两列当地火车到达浦那车站。一列来自卡利亚南,另外一列来自孟买。火车到站时,我找到了那张世界上最美丽的面孔,但却看不见令人愉快的笑容。我松了一口气。哈娜走过来,紧紧抱住我,什么也没说,任由眼泪顺脸颊滚落。

"所有问题都蕴含机会。"我低声说。

"这里的机会是什么?"她喃喃道。

"再见到你。"我边说边挣脱她的手。

"你这个傻瓜。"

天又下起了雨,我哼着《忽然遇见你》的插曲,为了应景,我又改了歌词:

> 当你来的时候,我亲爱的哈娜,花园会盛开。雨会为你跳舞并倾盆而下,这就是两颗心如何再次相遇。

战斗胜利一半

一年后，2009 年

我加入雷廷顿印度有限公司那天，萨蒂扬软件公司批准了哈娜的休假，该公司首席执行官发表公开声明后，一桩巨大丑闻浮出水面，六个月后将哈娜召回。那段时间发生了许多类似事件，但咱们还是把注意力集中到我生命中最艰巨的任务上——为迎娶哈娜而战斗。

哈娜的父亲已从阿拉哈巴德调职到赖普尔，哈娜在海得拉巴的萨蒂扬工作，我则到了德里，住在凯拉斯东部，物理距离虽然增加了，但我和哈娜的心依然紧紧连在一起。晚上是最惬意的说话时间，我们每天都打电话。现在，一直苦苦挣扎的潘德吉也找到了工作，而且电话费全部由雷廷顿印度有限公司支付。工作安顿好后,我们开始和各自家里提婚事。在执行这个伟大计划的过程中,我们在家中铺垫了各种与包办婚姻相关的新闻如自杀、离婚和嫁妆案件。

2009 年 11 月

手机显示有一个哈娜的未接来电,我的话费由公司支付,道义上有责任拨回去。

"嗨,宝贝儿,今天过得怎么样?"我问。打电话经常说"你好",有时会显得很空洞。

"很好,阿杰。"她低声回答,"阿杰,我没有接到德里公司的电话。"

"耐心点儿,亲爱的。耐心总会结出甜美的果实。"男人不知道该说什么时就会进行哲学探讨。

"真体贴。这三年我们没在一起,是家人一直在背后支持我。"

"支持你什么?"天啊,希望她没有参加马拉松比赛。

"一个二十六岁的女生,有一份稳定的工作,却没有结婚。"她说。女孩从不谈论自己的年龄,一旦提及,则意味着要上演老戏码。

"好吧,别再说这个了。"

"阿杰,你是最胆小的……一个胆小鬼。你已经想了六个月如何告诉你父母咱们的事。"

"哈娜,我肯定会在一年之内告诉他们,现在我每天都在给他们讲自由恋爱婚姻的种种好处。"

"阿贾伊!把你那些优点装进口袋里,现在听我说。"她严肃起来,我只好闭嘴。"阿贾伊"是个非常危险的字眼,每次哈娜这样说就意味着事情很严重,不能再搞恶作剧或开玩笑了。

"我爱你,亲爱的。"我狡猾地说,嗅到了危险气息,但她无视我的表白。

"今天,妈妈让我同意他们开始找对象,她可能怀疑我在谈恋爱了。"她说。

"真幸运,至少你妈妈还征求你的意见。"

"你是什么情况?"她问道。

"我父母宣布了他们的裁决:有生之年,要找一个婆罗门女孩结婚。"

"阿杰,别让我失望。"她说。这是我的家庭和我的问题,但她变得很沮丧。

"好吧。为什么认为你妈妈已经知道了咱俩之间的化学反应呢?"我换了话题。

"我不懂什么化学和生物学,但下次妈妈再问,我肯定会先告诉她,我不介意你是否想先告诉你的家人。"

"哈娜,理解下,我需要时间来说服家人,或者一年,或者一年以上。如果你先告诉你家人,我就得在限定时间内说服我的家人，接着，你妈妈会每天都问我家在婚事上的立场。"

"阿杰先生，你怎么想的！我爸爸是《勇夺芳心》[1]里的阿莫瑞什·普瑞吗？我要今天告诉他我喜欢沙鲁克·汗，他会说'去吧，去实现你的梦想'！"她模仿电影中的一个演员，正常情况下我才是那个爱模仿的人。爱总是能为情侣带来新鲜感，令人耳目一新。

"好吧，给我三个月，夫人，我一定会告诉他们。"

"给你六个月，阿杰。"听到她的话我有些高兴，心想不会听错吧，她像最高法院法官似的继续说，"在这六个月里，你必须说服他们相信我们的婚姻。"

又聊了15分钟，我们互道爱意与思念，最后祝愿彼此今夜好梦。然而今夜梦里注定没有甜蜜，我走到橱柜前寻找哈娜的照片，成千上万张，可能比她自己拥有的还多。找到了一张短发照片，我放进钱包里，自言自语道："你梳短发那么可爱，为什么要换发型呢？现在看起来危险多了。"我笑了，"但你留短发时我爱你，现在我仍然爱你。"

第二天，我接到了世上最熟悉号码打来的电话。这次不是错过来电，但当时有点儿忙，我挂断电话，打算干完活回电，可她又打过来，于是我挂断电话拨了回去。

"有什么新鲜刺激的消息吗？"

---

[1] 1995年上映的印度爱情电影，又译《漂洋过海爱上你》。影片讲述了主人公如何冲破未来岳父和情敌的阻挠抱娶美人归的故事。

"你怎么知道我有消息要告诉你?"她心情大好。

"先告诉我好消息。"

"我有重大进展,阿杰。"她大声说。

"你暴露我们的关系了?"

"是的,潘德吉!吻你!"

"让我猜猜,他们同意了?"

"爱你,阿杰,你最了解我。"

我笑了,是不是每个漂亮女生高兴时都会这么说?

"我能从快乐女孩那里知道细节吗?"我问。

"跟往常一样,妈妈给我打电话,说他们打算把我的资料上传到一个征婚网站。她还说,如果我想和他们谈谈我喜欢的人,他们愿意听,不想以后发生什么'剧目'。我一开始说不想谈,但听起来非常空洞。妈妈又问了一遍,我还是说不想,但这个否定对她来说等同于肯定。所以她又试探了一次,说:'哈娜,你已经成熟了。'"

"于是,你就开了不成熟之枪。"我猜道。

"我说话的时候别打岔。"她接着说,"妈妈在波亚·迪的婚礼上见过你。她记得你的模样,问你在做什么。我摆出诱人的条件:MBA毕业,在一家跨国公司当经理,父亲是政府一名高级工程师,属于婆罗门家庭。之后,经过一分钟的'如果'和'但是'后,她说他们可以接受你。"

在印度念 MBA 有很多原因,不过这次我的 MBA 学位终于有了用武之地。

"我父亲的情况你说谎了,他是一名初级工程师。"

"这不重要,他们只在乎你。"她说。

我想起自己曾把老爸从初级工程师升级为工程师,而今天他未来的儿媳又将他晋升为高级工程师。恭喜你突然升职,老爸,照这样下去,你肯定会成为印度国家电力集团的总经理。

哈娜打断我的思绪:"阿杰,我已经做了该做的,现在轮到你了。"

"是的,真令人欣慰,我们至少已经成功一半。"我叹了口气。

"但是……"她说。

"是啊,说吧。我知道生活中总少不了这个'但是',我从来就不会轻易得到任何东西。所以,说吧。"我又叹了口气。

"但我的家人只同意包办婚姻,不允许私奔。"

"是啊。这也不符合我的信仰体系。"我说,仿佛一部蹩脚的印地语电影主人公。

"爱你,我的沙鲁克。"

"爱你,我的卡卓尔。"我逗哈娜。

"但是沙鲁克和高莉结了婚。"

可卡卓尔嫁给了阿杰。你只要从"德乌甘"中拿掉"德乌",一切都是一样的——我甚至还有了一把枪。[1]

---

[1] 从"Devgan"中拿掉"Dev",剩下"gan"接近"gun"(枪)。

"疯狂的潘迪先生,上大学时你承诺过会说服我的家人。我已经完成了你的一半工作,现在拜托你快点儿做你那部分。"

女生总是记得单方面的承诺。我当时说的其他话她压根儿没听进去,正忙着憧憬我们的婚姻,忙着听单簧管。我想着我家人的可怕问题,不知道什么时候才能结成婚。

第二天,哈娜又打来电话。

"阿杰,妈妈问我,你打算什么时候和你父母谈。"可以预见的是,从现在开始,以后每天都要听到同样的话了。

"你怎么说的?"

"我又给你争取了四个月。我说你胡里节假期回家时肯定会说的。"

她特别强调四个月,好像给我争取了四年似的。

"我就知道事情会这样。"

"怎么了?我做错什么事了吗?"

"不,哈娜你没错。从现在开始,我让你对你爸妈说什么,你就说什么。"我说。

"真奇怪。"她说。

"哈娜,你父母现在很可能想的是,阿杰·潘迪先生回家后会把有关你的一切向他父母汇报,接着第二天或一个星期后,两个家庭就考虑预订婚礼场地了。"

"阿杰,我明白了,我不会透露任何多余信息。"她说。

"给我点儿时间想想,然后告诉你下一条可以和你爸妈说的信息。"

聊完后,我躺在床上,想着最令人害怕的可能性。

关于哈娜,该怎么跟家人提起?我是应该先告诉妈妈还是爸爸?胡里节后,哈娜的父母不会再听其他理由。

不断冒出的想法在脑子里乱作一团,我对自己说:"阿杰·潘迪,事情越拖延你越紧张。长痛不如短痛,一下子死了也好过每天给自己下一点儿毒药。"我登录网站订了一张普拉亚格拉杰快车的往返车票,挑了一个笔记本,用中文写了点儿东西。

第二天,我给哈娜打电话。

"哈娜,周五晚上我要去阿拉哈巴德的奈尼见我父母,他们在我叔叔家。"

"是为了我们的事吗?"她问道。

"不,哈娜,是为了我自己,不能再拖了。"我叹了口气,"哈娜,我已经给我爸爸写好了一封信,可没有勇气大声说出来。"

"那……这封信对你爸爸来说是颗炸弹吗?"她严肃地问。

"先听听我的信,哈娜。"

亲爱的爸爸:

对不起,总是给你找麻烦。我知道自己不是一个好儿子,但我很爱你和妈妈,也知道肩上的责任。为了履行生命中的每一份责任，我们需要与合适的伴侣生活。选择人生伴侣是一个人生命中最重要的决定，拥有最好的另一半，就一定会在生活中成功，而这个重要的决定应该由本人来做。我认识一个成熟、有爱心、非常适合我的人，她的名字叫哈娜。

我知道哈娜和我们不是同一个种姓，这是你们担心的事，但我不能仅仅因为她不是从婆罗门人的子宫里出生的就离开这个最好的人，她和我都无法对自己的出生负责。

每个人都有自己的人生观，它给了我们生活的信心。出身婆罗门还是卡亚斯塔[1]，并不是我的择偶标准。如果因为这样愚蠢的原因离开哈娜，会毁掉我对生活的信心，我也可能会开始埋怨自己和你们。最终，没有人会赢。只有一个幸福的人才能给别人带来幸福。每个父母都希望看到孩子幸福，而我的幸福就是与哈娜在一起。拥有世界上最慈爱的父亲，我很幸运，希望你能理解儿子的爱。

带给你烦恼的儿子
索努

---

[1] 印度等级较低的种姓。

读完后,我说不出话来,内心充满了罪恶感,泪水涌出眼眶。哈娜沉默了几秒钟,忍住哽咽说:"阿杰,我爱你。"

　　我什么也没说,哈娜清楚我现在的感受。挂断电话,我给她发了条短信:"稍后再和你说话。爱你,我很好。"

　　只有爱才会让我们意识到,在某个方面,我们都是好人。我收到的短信是这样的:"相信我,阿杰,你是一个好儿子。"

第一次海啸

我来到阿拉哈巴德的奈尼祖父家,叔叔住在这里,爸妈来参加婚礼已经到了。整个旅程中我一觉没睡,满脑子想的都是如何反驳可以预料到的家人的反对。爸妈的疼爱和支持一直在脑海中闪现,我问了自己无数次为什么要坠入爱河,但每次哈娜的身影浮现都消除了这份疑虑。早上九点左右到达奈尼后,我睡了一整天,一句话没说,心中却有场暴风雨。

晚上七点左右,我打电话给能量补给器。

"你好,阿杰。"

"我很害怕。"没理会她的问候,我直截了当地说。

"理解。别烦,告诉他们我家里所有的积极方面,我们也是素食主义者,我信神,每天至少祈祷上百分钟。"

"宝贝儿,你真祈祷那么久吗?"我第一次用"宝贝儿"这个词称呼她,"哈娜,你为什么不是婆罗门呢?"

"卡亚斯塔的祈祷并不少。"

"哈娜,你不知道,他们相信自己是天生的婆罗门,前世结下善缘。即使与同种姓的人通婚,也会衡量对方家庭是上层种姓的婆罗门还是低种姓的婆罗门。"

"什么?"她惊叫道,"婆罗门还分等级?"

"是的,要想弄懂这一切,你得在婆罗门技术学院再攻读一个工程学位。即使这样,我也不确定你是否能毕业。"

"你是婆罗门种姓中的高等级还是低等级?"她好奇地想知道自己的地位。

"我不属于任何种姓,我只属于你。"爱情使人庸俗,我说,"哈娜,我得挂电话了。"

"一切顺利,记住,问题就是机会。"

我哑然失笑:"多可爱的机会。"

妈妈要陪伴其他女眷,所以老爸打算一个人去参加婚礼。我告诉自己,阿杰,这是和老爸说话的最佳时机。

"爸爸,我能和你一起去参加婚礼吗?"

我很少参加婚礼,老爸很惊讶,看了我一眼说:"快准备吧,我等你。"五分钟后,我们坐上摩托车,前往婚礼现场。路上爸爸问了一些日常问题,我一一简短作答。

有两次我试着告诉他,但都失败了。快到婚礼现场了,老爸开始找停车位。我从后兜里掏出钱包,吻了吻那张照片,默默说:"我爱你,亲爱的机会。"然后喃喃道,"永远不要投降,阿杰……"

老爸停好车,向宴会厅走去。我拦住他,把信递过去:"爸爸,给你的信。"不知道为什么,我的眼睛湿润了,可能是因为伤害了老爸深感内疚,不能自已。

"儿子,为什么哭了?快告诉我。"他轻声说。这个反应很意外,父母总是能理解我们,有时甚至超过我们对自己的理解。

"我把要说的都写在信里了。"我说。他打开信,但那双眼睛已经五十岁了。

"看不清,眼镜落家了,现在就告诉我发生了什么事。"他向我那貌似中文的字迹投了降。

我鼓足勇气,终于开口:"爸爸,来参加迪迪婚礼的那个女孩……"我发现喉咙哽住了,然而慈爱的父亲已经明白了。

"哈娜?"他说出了我心上人的名字。我点了点头。

沉默几秒钟后,他忧虑地说:"儿子,她属于另一个种姓。"

第二天中午,我还把自己埋在被子里,妈妈过来叫我。

"索努,出来。"

奈尼十二月的天气十分凉爽,经历前一天的"海啸"后,感觉更冷了。我和妈妈在床边坐下,爸爸坐在另一边,空气变得异常紧张。他们眼睛红红的,一定是哭过了。

"索努,你是个聪明的孩子,怎么会做这样的事?"妈妈开出第一枪。我一句话也没说,这是陷阱,当人们说你很聪明的时候,其实是在说你蠢。

"儿子,如果我同意你的决定,我会被所有兄弟和家庭成员拒之门外,所有社会关系都会因此而毁掉。"老爸一边说,妈妈一边开始抹眼泪。

"儿子,你是个孝顺的孩子,你必须忘掉她。"妈妈啜泣道。我落泪了,但百分百确信自己没有做错任何事。可当看到慈爱的父母在眼前哭泣,并且知道自己是他们流泪的原因时还是无法忍受。

我轻声说:"妈妈,这是什么逻辑?我为什么要离开她?你甚至都没问,她是做什么的,她的家庭什么样?你告诉我要离开她,仅仅是因为别人,而那些人跟我没有关系。"

"哈娜的父母知道这一切吗?"老爸总是能问出符合逻辑的问题。

"是的,他们没意见,但他们有个条件——只有你们都同意,他们才会支持我们。"这个情形坚定了爸妈的决心。

"他们凭什么有意见?"妈妈骄傲地说。

"妈妈,见过来自不同种姓包办婚姻的夫妻吗?双方尊重彼此的种姓。如果有人对跨种姓婚姻说'是',那意味着相比宗教或种姓而言,他们更尊重女儿的感受。"我低声说。

"你弟弟娶不到媳妇了。"妈妈说。这让我很沮丧,现在弟弟完全没必要地成了妨碍我的小人。

"妈妈,我们生活在现代社会,你说的是什么呀?因为没人会和我的兄弟姐妹结婚,我就要离开她?无论做得对与错,社会从没帮助过任何人,只会批评。"妈妈又哭了,我继续说,"对不起,让你们烦恼,爸爸妈妈,她是最适合我的伴侣。你们找不到比她更好的人。"

"索努,给我哈娜的号码。我和她谈谈,说说我们的处境。"爸爸温和地说。

"爸爸,不用和她谈。只要我发个短信,她就会离开我。"我喉咙哽咽,妈妈递来一杯水,"她告诉我,如果你们不同意,她会毫不犹豫地离开我。"我艰难地说。

妈妈抱住我,吻我的前额:"我知道她是个好女孩,我儿子不会看上一个普通女孩,可你也要理解我们的难处。"

妈妈说的完全自相矛盾。

爸妈和我都流下了眼泪。有时真爱需要眼泪,有时需要一切,或许总是要有所牺牲。一个儿子怎么能忍受最爱的父母因为他而哭泣呢?我说:"爸爸,妈妈,别为我哭。如果你们不同意,也没关系,但不要强迫我和其他女孩上床。"我像袋鼠一样抱住妈妈,心里诅咒自己出生在婆罗门家庭。

老爸继续讲着同种姓结婚的各种好处。如果我和婆罗门女孩结婚,我就可以成为国际会计官员,否则我连苦工都当不上。爸爸说这些的时候,我一直趴在妈妈的腿上。

"儿子,只要娶婆罗门女孩,无论是谁,我们都完全接受。"他的话让我很恼火,我回答说:"爸爸,找到更好的人再和我说。"

"有几个姑娘不错,其中一个在浦那的印孚瑟斯上班。"老爸说得好像所有从事软件工作的女性都渴望嫁给我一样。

"爸爸,这就是问题所在。"我说。

"什么问题?"

"你怎么能找到比她更好的人呢?你甚至都不了解她。"

情感大戏:第一幕

阿拉哈巴德火车站。

还有一小时火车就要进站了,我给哈娜打电话,低声说:"嗨,哈娜。"

"我明白,阿杰。不要灰心。"她察觉到我的心情,"现在说,还是明天再谈?"

"哈娜,我的家人还没准备好。"我快要哭出来了。

"阿杰,别内疚,这不怪你。"她动情道。

"我们明天说,火车就要到了。"

"好吧,旅途愉快!小心点儿,再见。"

巴亚格·拉杰特快飞奔起来,仿佛迫不及待地要亲吻德里。我的大脑像喷气式飞机一样飞快地运转,浮现出另一场风暴。

半小时后,我收到哈娜的短信:"阿杰,我知道这件事很难，但不要给自己太大压力，试着去理解你的父母。"

有时我实在搞不懂她到底是什么样的女孩，而她一般说话都是发自真心。当有人用心说话时，就会触发大脑思考。

大脑积极的一半说："一个女孩愿意牺牲六年半的恋爱关系，只是因为她不想伤害我的父母，而我的父母反对这桩婚事，甚至还不了解她。"大脑消极的一半只说一点："她不是婆罗门！她不是婆罗门！"

我下定决心，不能离开她。

人类就像鸽子，如果给予自由，我们就会回到真正的家。我的结论是，既要父母也要爱人。很幸运身边有三个爱我的人，我不能失去他们中的任何一个。

花了整个晚上，聪明的头脑想出一个计划，我得把自己从海啸中解救出来。第二天早上，我给我的勇士打电话。

"嗨，亲爱的，你好吗？"

"很好，亲爱的。"她打着呵欠说。

"听着，哈娜。我爱你，你是这个世上最好的人。"

"潘德吉，信心满满啊。"

"是的。如果未来的潘迪夫人像你一样，我没有机会丧失信心。"

"我很想被称为潘迪夫人。"她高兴地说。

"这是马嘴里的承诺。"

她咯咯地笑着说："你有什么计划？"

"你怎么知道我有了计划？"我好奇地问。

"当我遇到麻烦时,你不会离开我。"她动情地说,有时真是比我自己还了解我,"说吧,你打算怎么把哈娜·普拉丹小姐变成哈娜·潘迪夫人?"她咯咯地笑。

"现在,我要朝两个不同的方向抗争。爸妈直到确定我们分不开时才会放弃阻挠。"

"所以呢?"

"所以,我要演一出状态不好的情感大戏。我要节食,这样他们会心生恐惧,担心我自杀——没有父母希望那样。"

"但你打算怎么演呢?如果你家人发生什么事可怎么办?我的意思是,他们岁数大了,我们应该放弃这个想法。"她担心地说。有时候我觉得她更像是站在我家人那边。

"我会盯着他们。"

"怎么盯?你在德里,他们在汉德讷格尔。"

她问了所有可能出现的问题。

"我会和当地眼线——我亲爱的弟弟莫努谈谈。"

"你确定莫努会帮你……帮我们吗?如果他也不赞成呢?如果他把一切偷偷告诉你爸妈怎么办?"

"不可能,亲爱的,我了解弟弟。"

"给他打电话时用电话会议模式,我不出声,让我听听两位伟大兄弟之间的对话。"

"好吧。"

"但是……"

"我知道我的事里总会出现'但是'。"

"但这事很耗时。可能需要数月,也许是一年吧?"她详细地询问,聪明的头脑在爱情中也总能很好地发挥作用。

"我还没说完呢,亲爱的,我要去赖普尔见你父母。"

"不能这么做,阿杰,我怎么对他们说?你去赖普尔干什么呢?"她不解地问。

"他们不会问。我相信他们会对未来女婿同样感兴趣。告诉他们,伟大的潘德吉先生求见。其他的事交给我。"我吹嘘道,"嘿,我们应该给行动起个名字。"

"蓝星行动。"她建议。

"我们不是在打击恐怖分子。'情感大戏'如何?"

"听起来不错。就从你的那场戏开始,潘德吉。"

2010年1月1日,"情感大戏"正式上演。我打开三人通话,莫努和我通话,哈娜在另一头旁听。

"老弟,新年快乐。"

"新年快乐,哥哥。"莫努回答。

"家里有什么消息吗?"

"没有。妈妈和爸爸很伤心。"他说。

"莫努,你一定听说过哈娜。"

"是的,我知道哈娜姐姐。"他天真地说。我心想,她是你的姐姐,不是我的。

"弟弟,我在家时讲了所有哈娜的事。现在也许我要利用爸妈的感情采取一些非常手段,但他们可能也会同样给我上演情感戏——这种多愁善感的枪也许会适得其反。"

"我明白,哥哥,你需要最新情报。"他机灵地说,理解速度从未如此之快。

"正确!所以你要帮我实施这个计划,这出戏可能会持续几个月。"

"别担心,哥哥,老爸对哈娜嫂子没意见。他只是担心他的兄弟们。"

"什么?"糊涂蛋!一开始还叫"哈娜姐姐",现在变成"哈娜嫂子",哈娜可能想不到比这通电话更好的结局了,"好吧,弟弟,也要把注意力放在学习上,确保给我打电话时身边没有别人。"我在他再次犯错误之前挂断了电话。

"好的。再见,哥哥。"

我挂了电话又给哈娜打过去,心想她肯定会认为莫努先生是一个糊涂家伙:"哈娜,你听到了吗?"

我甚至还没说完,哈娜嫂子就打断了我:"你弟弟太可爱了。我渴望被称为嫂子。哇,他是唯一一个叫我嫂子的人。"她高兴地说,"想象一下,阿杰,我们住在一起,我每天给你做午饭。你上班时我送你到门口,吻你,嘱咐你早点儿回来,我们还每天分享办公室的逸闻趣事。"

她沉浸在白日梦中。我松了口气,感谢神,所有漂亮女孩都有点儿傻。

从德里到赖普尔

2010 年 1 月第二周

"嗨,亲爱的,你好吗?"哈娜在电话里愉快地问。

"这么兴奋,看来有新消息。"

"是的,我很兴奋,再过两天你就要来见我爸妈了。"她说。这事对哈娜来说是兴奋,对我却很恐怖。

"但我猜你还有别的事要告诉我,是什么?"

"波亚·迪想知道你喜欢吃什么。"她说。

"这意思是我会受到隆重接待?"

"是的。普拉丹一家人热烈欢迎潘迪家的人。"她自豪地说。

"别用'潘迪'和'普拉丹',吓着我了。"

"哦,这倒提醒了我,你得为我家人买些东西。"她说。

"是婚后回娘家还是什么?"我沮丧地喊,"德里到赖普尔高价往返票要四千多元,我不能再花钱了。"

"吝啬鬼潘德吉先生,忘掉刚才的话吧,毕竟你要娶的是普拉丹家的公主。"她咯咯笑着说,有时我真讨厌她咯咯的笑声。

"公主陛下,你要嫁的是一个乞丐。"

"公主命令吝啬鬼先生列个清单。"

"清单!"这个词仿佛一枚炸弹。

"你要在品牌店买一公斤糖果,不要那种本地能买得到的东西。"

"一公斤!"这听起来无异于向醉汉要最后一口酒,"你父亲有糖尿病,波亚·迪一定在减肥,南胡先生才两岁,你妈妈自己要一公斤糖果?还是有别的什么原因?"

"每件事你都要争论,和你说话真愚蠢。"她笑着说,继续发号施令,"婚后你会习惯的。听着,阿杰,你得给南胡买个玩具,价格至少超过500卢比。你这次来,我必须具体说明这些事。"她强调"至少",就好像给乞丐捐赠1卢比一样。

"他只是一个两岁的孩子,女士。他是玩玩具还是玩500卢比?他甚至还不会说话吧?"

"他只会说'安吉',有时能叫'阿姨'。"

"安吉? 安吉丽娜·朱莉?"

"不,安吉的意思是'这是什么',这是他发问的方式。"哈娜解释说。

"我有一个条件,他要叫我姨父。告诉波亚·迪,我希望听他叫我姨父。"我说。

"别打岔,阿杰。"

她继续给出一连串指示:"你这次来得令人记忆深刻,必须穿夹克或外套,一定要在火车上刮好胡子,最后,他们让你住家里,得先拒绝,如果他们坚持,你才能接受。"

住宿费投下了另一枚炸弹。这次见面肯定令人难忘,即使我想忘记,我的信用卡都不会答应。

"穿什么颜色的内衣有要求吗?绿色还是红色?"我讽刺地问。她咯咯地笑了,又像老师似的做了其他指示。我谨遵教导,仿佛那些整天骂老师的学生,一天下来,心情沉重地完成了所有作业。

印度铁路一如既往,德里到赖普尔的冈瓦纳特快列车晚点6小时。我在火车上整理思路,为即将到来的见面做准备。我并不太紧张,因为已经在自己家里见识过最差的情况,但有一个问题难住了我,于是我又打电话给天使。

"你好,哈娜。"

"到赖普尔了?"

"没有,还要一个小时。"

"阿杰,你不用住旅馆了。"她咯咯笑着说,"高兴吗?希望你能省下几百万美元。"

"哈娜,火车上的充电器不好使,仔细听我说。"

"好的，你说。"

"我怎么称呼你父母？是'爸妈'还是'叔叔阿姨'？"

"呃，"她想了一下，"叫'叔叔阿姨'吧。"

"好的，再见。"

"还有，摸他们的脚。"她刚说完我的手机就没电了。

火车一进赖普尔站，我就看见哈娜的父母等在车站外。我又往站台上看了一圈，发现一个婴儿抓着波亚·迪的小指。

我的神啊，难道他们没有别的事要做吗？全家都来接我！潘迪先生，你是家里第一个来参加露脸仪式即自己结婚展览的人。我假装谁也没看见，心里盘算着接下来该怎么做。两分钟后，我听到了一个很像哈娜的声音。

"阿杰！这里，阿杰！"波亚·迪大喊。

我走到他们面前，碰了碰哈娜妈妈的脚。

他们给了哈娜生命，受之无愧。

"您好，妈妈……阿姨。"我行了合十礼。

"没事儿，孩子。"她说着抓住我的手。

我笑了，正要凑到哈娜爸爸脚边，他意识到了即将到来的"危险"："完全不用。"

"完全"似乎表明摸他的脚对他来说没多大意义，我脑中浮现出《勇夺芳心》中的场景，心想我这是要在清晨给鸽子喂食打动阿莫瑞什·普瑞吗？

我坐在汽车前排座位。车里一片寂静，太煎熬了，但随着一声"安吉",沉默被打破了。

身边有婴儿,沉默就不会持续太久。我听到"安吉"这个词,转过身来,只见一个小家伙指着我——南胡先生正在打量我。

"你要过来吗?"我把他抱到前排座位上。他继续盯着我,说:"安吉。"

"叔叔。"我说。哈娜爸爸奇怪地看了我一眼,我咧嘴一笑,听见波亚·迪在后座咯咯地笑。

"安吉。"孩子又问了一遍,感觉他好像在说:"白痴,你来这里是要带走我的阿姨。"

"我是叔叔。"我回答他。

我继续逗他玩,真庆幸车里有孩子,接下来的半小时,他是唯一一个让我们有话说的人。我从眼角的余光中看到哈娜妈妈正从头到脚地打量我,她一定是把我身上的每个疙瘩、每块痣和每缕头发都数了个遍。这太吓人了,但我安慰自己,潘迪先生,你的露脸仪式开始了。

到哈娜家后,我忐忑不安地递给哈娜妈妈从纳苏糖果店买的一公斤卡菊糖,又给了南胡一个玩具。南胡很高兴,想和我一起玩,但我的头很疼,36小时的旅途令我疲惫不堪。

"阿杰,喝点儿茶,休息一下。你一定很累了。"哈娜妈妈关切地说。几分钟后,茶、点心、腰果、薯条、糖果和饼干摆满了桌子。

他们这是招待我还是开派对?如果为自由恋爱准备这些的话,他们肯定能为包办婚姻开几个快餐店。

看到摆在面前桌子上的好吃的,我瞬间变回大学时代的大胃王。我扑向盐渍腰果,正打算把它们全吃完,眼前浮现出哈娜的面孔,我听到她说:"注意点儿,潘德吉。"

我假笑着拿起一粒腰果,仿佛这是地球上最后一粒。我看着哈娜的妈妈,咧嘴一笑。

"再吃点儿,孩子。"她说。

"够了,阿姨。"

喝了一杯舒缓的茶后,我决定花几分钟好好整理一下要说的话。

"我想休息一下,阿姨。我的头很疼。"

"波亚。"她叫女儿带我去房间。

休息四十五分钟后,波亚·迪走进房间。

"阿杰,你想在晚饭前还是晚饭后和我们谈?"

我正想该怎么回答时,她笑着建议道:"阿杰,先谈比较好,这样你就能安心吃饭了。"

"好的,我马上来。"

离开房间时,她说:"祝你一切顺利,阿杰。"说这句话之前我感觉良好,但一句"一切顺利"令我僵住了。

我走进客厅,心里向所知道的众神祈祷。

他们已经在沙发上坐好了,三双眼睛盯着我,只有一双眼睛给了我一点儿空间。南胡正忙着玩我给他的小玩意儿。我假装对他们微笑,在沙发上坐了下来。

"南胡,别闹动静,安静。"哈娜妈妈好像在为即将开演的黄金时段节目做准备。

南胡先生也加入到他们的行列。现在四双眼睛盯着我,我的喉咙窒息,客厅足够宽敞,可还是感觉大家都挤在一个马桶里。手机屏幕闪了一下,我收到一条信息:"爱你,阿杰。我知道沙鲁克先生一定行。"

毫无疑问,这条信息帮我喘了气。看完短信后,我转向哈娜的父亲,开口说我练习过的话。

"叔叔,您知道我来这里的原因。我认识哈娜差不多七年了,我们在大学时一起学工程,是好朋友。毕业后我攻读MBA,现在德里的雷廷顿印度有限公司工作。"一口气说了这么多,有点儿语无伦次,"家父是印度国家火电公司汉德讷格尔的工程师,我有三个兄弟姐妹。"

仿佛是在找工作面试,我逼迫自己:"阿杰,不要拐弯抹角,直截了当地说出来。"我吞下一大杯水,继续说下去。

"家里的亲戚都住在阿拉哈巴德的奈尼,父亲在兄弟姐妹中排行最末,我们世代同堂,是个大家庭。因为是最小的弟弟,父亲必须与每个家庭成员商量征求意见。婆罗门仍然忌讳跨种姓婚姻。"我叹了口气,"但我知道父亲爱我,他会尊重我的决定。"我尽量概括问题,以得到具体解决方案。

"哈娜已经说过了。"哈娜妈妈打断了我。

"妈妈,我想让爸爸帮两个忙。"我叫"妈妈"是希望他们把我看成他们家的一分子。

"可以,告诉我吧,孩子。"哈娜爸爸说。

"我父亲需要时间说服他的哥哥们,所以请您给我一些时间……"我停顿了一下,接着说,"其次,我的家人觉得他们是新郎一方,感觉很自豪,他们可能希望明天能先接到你们的电话。"

"就这些?"哈娜爸爸的声音在我脑海中回响,就像传说中的阿莫瑞什·普瑞。[1]

"还有,最后一点。"我已经说了两条,现在还得加上第三条。

"我接下来说的可能不太现实,明天我父亲会请您说服哈娜不同意这桩婚事,所以我需要您的支持。"

"也就是说你父亲完全反对婚事。"哈娜爸爸一针见血。

"不,叔叔。从我父亲个人来讲,他没有任何意见,但其他亲戚可能不同意。"我撒谎道。

"你家人知道这件事吗?"

"他们知道哈娜。"

"不,我不是说哈娜,我是指你来赖普尔。"

"不知道。这次是非正式拜访,还请您保守秘密。"我好像是在申请一个非正式签证。

"你的第四个忙。"他总结道。

---

[1] 印度著名演员,代表作《印度先生》。

我僵住了。所有人都在盯着我,就连南胡也看着我,仿佛在说:"你不能掳走我的阿姨。"我借口去洗手间,感谢神创造了小便这个生理需求。我故意磨蹭许久,尽力想听听门外的动静,可什么也听不到。为了打破沉默,我面带假笑,决定给他们点儿鼓励。

"叔叔,我父亲非常有爱心,只希望我幸福,不会要嫁……"

话还没说完就被打断了:"听着,孩子。我们家很简单,对这桩婚事完全没意见。我希望女儿幸福。慢慢来,即使我决定给哈娜找别人,也会第一个打电话告诉你。所以,打电话给你父母不是什么大问题,告诉我什么时间和他们谈最好,但是……"我一直讨厌"但是"这个词,他继续说,"我只有一个条件——结婚要双方父母都同意。如果你的家人不同意,我也不支持。"

"如果我父亲打电话要您反对这桩婚事可怎么办?"我这话对哈娜来说仿佛预先保释。

"别担心,孩子。慢慢说服你的家人。"

泪水模糊了双眼。我的心在说,这个人不是阿莫瑞什·普瑞,他是《勇夺芳心》中的阿努潘·凯尔[1],他总是在儿子的幸福中寻找自己的幸福。

"不用担心时间,孩子,但越快越好。"

这一次,哈娜妈妈打断了我们。

---

[1] 印度演员、制片人、导演。

我意识到一件事，说服我家人的时间有限。越往后拖，哈娜妈妈越有可能从法丽达·贾拉尔[1]变成拉丽塔·帕瓦尔。

我们起身去吃晚饭，不出所料，果然是五星级标准的晚宴。我知道是谁让他们这么做的。现在，我觉得自己是这个家的王子，吃得饱饱的，完全忘了"注意点儿，潘德吉"的精神。

第二天早上，我又吃了一顿丰盛的早餐，准备乘中午的桑帕克·克兰蒂号返程。我摸了摸哈娜妈妈的脚。波亚·迪对我说："旅途愉快，阿杰。"哈娜爸爸把车开过来，这时，我听到一个可爱的声音："姨父。"

我循声望去，南胡先生正用小手指着我。我看了看波亚·迪，她眨眨眼，我把南胡抱到腿上，亲了亲他的小脸蛋，在耳边低声说："你的阿姨很棒，我保证有一天会正式成为你的姨父。"

但他又天真地说："安吉。"

---

[1] 和后面的拉丽塔·帕瓦尔均为电影《勇夺芳心》的女演员。

情感大戏：第二幕

与父母抗争的情感大戏到了高潮阶段。我保持沉默不和他们说话，抓住所有机会让他们知道我伤心欲绝。莫努每天向我汇报事态进展，但实际上根本没有任何进展。我下定决心不接老爸的电话，但毕竟是儿子，有时我会忘记已下的决心接起电话。爸爸记下室友的手机号码，每当我不接电话时，他就打电话给室友，询问是否一切正常。我内心充满了罪恶感，骂自己在情感上绑架他们，沮丧至极。我的良知经常大喊："你是个坏儿子……你是个坏儿子……"

"对自己撒谎感到内疚，你怎么会是一个坏儿子呢？你内疚的良心说明你是好儿子。"哈娜安慰我。尽管我的行为不合逻辑，但哈娜总能找到一些合情合理的解释使我振作。

虽说是我发动了这场大戏，但双方都表现不错。终于有一天，妈妈进了医院，不过当天就出了院。

"因为思虑太多，她心脏附近出现轻微疼痛。医生说有可能是心脏病。"老爸解释道，仿佛我应对妈妈生病负全责。莫努也不在家，正忙着入学考试，第二天他回家时我打电话，他没接，因为当时正在医院里陪妈妈。事情越来越棘手，我害怕了，又打电话给哈娜。

"亲爱的，你好吗？"哈娜问道。

"糟透了，妈妈今天又去医院了。"

"什么？她又住院了吗？"哈娜吃惊地问。

"现在还不清楚是不是住了院，我给莫努打电话，他说正在医院陪妈妈。"

"阿杰，我觉得你应该回家看看，这出戏已经唱两个月了。在事情还没有变得更糟之前，回去看看吧。"我最爱哈娜的就是她对别人的关心、爱护和体贴。

"爱你，宝贝儿，你总是为别人考虑……哦，莫努打电话来了。"

"阿杰，我想听听你们谈话，三方通话我不出声。"哈娜恳求道。

"别这样，哈娜，我不想你听到坏消息。"

"阿杰，我也关心你的家人，将来他们也是我的家人。"

她天使般的行为使我再次败下阵来。

我接起莫努的电话，哈娜保持通话。

"老弟，妈妈怎么样了？"

"哥哥，妈妈还好，你怎么样？"

"我挺好的。"

"你确定很好吗？"莫努怀疑地问。

"还活着，兄弟，我只是担心爸妈的身体。"

"很高兴听到你这么说。爸爸问我你的身体状况，他们担心你，你也担心他们。"莫努回答。

"那你是怎么告诉老爸的？"

"什么都没说。我说'哥一向是个闷葫芦'，仅此而已。"

"妈妈呢？她还好吗？心电图报告怎么说？"

"心电图正常。"莫努说。

"那她昨天为什么去医院？"

"妈妈昨天去医院不是因为心脏难受，是胃气胀。"

突然，电话里传出咯咯的笑声。

"哥哥，你还在和别人通话吗？"莫努问。

"没有，是电视里的声音，我刚打开电视。"我在心里暗骂哈娜弄出声音来。

"别管声音了，你的意思是妈妈现在很好，没有心脏病？"

"真没有，哥哥。都是感情戏套路，但你让他们很伤心。"

"记住，老弟，以后要是有类似危险发生，你一定要应对并通知我，知道吗？"

"放心吧，哥哥，照顾好自己。"

"只要爸妈好，我就很好。"

"哥哥,我得挂了,要不老爸就猜到我是在给你打电话,然后他就会利用我。"

"利用?什么意思?我在利用你吗?"

"哦,不,哥哥,我愿意被你利用,因为你快要给我一个可爱的嫂子了。"莫努的话使我心头为之一颤。

"你怎么知道你嫂子可爱呢?"

"哥哥,你的问题太多了,我挂了。再见。"

"再见。"

莫努又说了一句:"再见,嫂子。"

"谢谢你,莫努。"哈娜说。

"这是什么情况?现在我明白你为什么说你嫂子可爱了,原来你在巴结她。"

电话另一头传来"哔哔"声,莫努挂断了电话。

现在只剩下哈娜和我了。

"女士,你就不能不出声吗?"

"抱歉,但你弟弟是我的超级粉丝啊。"哈娜受宠若惊,"他太可爱了。"

"他才不可爱。毕竟是我弟弟,刚才我都担心死了。他知道你在听电话,就说了拍马屁的话。"

"照你这么说,你们全家都这样?"哈娜问。

"是的,老爸能把我妈的胃气胀说成是心脏病。"

"你们全家都参演了这场情感大戏啊。"哈娜笑着说。

"现在不是分析我家人智慧的时候。"

"潘迪先生,回答我一个问题:向我表白时,你就没意识到这些问题吗?"哈娜尖刻地说。

"爱情使人盲目,亲爱的。"我叹了口气。

"恋爱的人都很愚蠢。"

被子与内疚

"情感大戏"持续三个多月未果,不知还得再坚持多久。我每天化悲伤为暖流,将蜡烛融化塑造成爱人的形状。

2010年2月1日是老爸五十岁生日,这是一个值得庆祝的好日子,但谁要是有我这样的儿子,每天都会悲伤。更过分的是,我给老爸的生日礼物是来自赖普尔的电话——哈娜的父亲将在老爸生日那天打电话。

我在等哈娜的电话,巴望着两位父亲的通话反馈。哈娜终于打来电话,我挂断后给她拨了回去。

"阿杰,我爱你。"她边抽泣边说这句世上最动人的话,我感到很害怕。

"我也爱你,亲爱的。发生什么事了?先别哭,告诉我怎么回事。"

她继续抽噎。

"哈娜,告诉我到底怎么了,亲爱的!"

"爸爸给你父亲打电话了,先是祝他生日快乐,后来爸爸开始谈我们的婚事,他说……"哈娜崩溃了,泣不成声。

"别说了,亲爱的,老爸一定是说,你说服哈娜,我说服我儿子,因为我家其他人不会同意跨种姓婚姻。"

"是的,你太聪明了。"哈娜恢复平静。

"我爸爸不礼貌吗?"

"不,你父亲话语温和。"

"你父亲怎么说?这点更重要。"

"他说咱俩年轻,有工作,思想成熟,我们应该理解他们。我们毕竟年轻可塑,但他还是把决定权留给了你父亲。他说:'毕竟他是你的儿子,你完全有权替他做决定。'"

"好可爱的父亲!"

"是的,阿杰,没想到一向严厉的父亲会这么说。今天我原谅他所做过的一切,如果在赖普尔,我会拥抱他。"哈娜哽咽道。

"父母就是这样。如果你父亲这么处理就没什么好担心的了,总有一天我父亲的态度也会软化。"

"我爱你,阿杰。我父亲并不是因为我这么做,他支持你反对你父亲,只是因为你去了赖普尔。"

"我知道会是这样,这就是为什么我主动提出要去赖普尔的原因。"

"可是有一个严重的问题。"她叹了口气。

"什么?"

"如果下次你爸爸向我父亲提出同样的要求,我爸爸也会说不,现在他们都有对方的电话号码。"

"是的,我也害怕这事。"我紧张地说。

"阿杰,现在说服你父母的时间更有限了。"她说得好像之前有几百万年时间做我爸妈工作似的。

"明白,我有一个计……"

"又一个计划!"她打断我,"你怎么不加入计划委员会?他们的计划都没有你多。"她叫道,"你的'情感大戏'太糟了,我不想再参加任何计划。"

"听我说……"哈娜却没心情听下去。

她愤怒地说:"如果你聪明,洞悉世事,那为什么要向我求婚?你家里有那么多问题,为什么要走进我的生活?我一个人很快乐。"我一声不吭,她不停地问,"为什么,阿杰?为什么?"

"对不起,哈娜。我无法回答你的问题。"

"我是个简单的女孩,阿杰,我不要钱,也不要高调的生活,只想让我的家人快乐。他们一直支持我,我亏欠他们。如果明天我们结婚生孩子,我不会给孩子们的名字前加任何姓氏。我恨潘迪和普拉丹,我要杀了造出种姓制度的那个浑蛋!我们生而为人,所作所为应该被爱护。我没法理解,阿杰,一个人怎么能决定自己的出生？"她哭了。

我想要说点儿什么，但电话断了，再拨过去，哈娜关机了。我把自己埋在被子里，开始诅咒命运，向过去只是偶尔想起现在却不得不更频繁想到的众神祈祷。我给哈娜打了好多次电话，但一直无法接通。

大约凌晨一点，哈娜给我发了条短信："阿杰，抱歉对你大喊大叫，你需要面对的比我多，真的很敬佩你能坚持正确的决定，爱你'永不放弃'的生活态度。我没事，明天说。"

然而，情况并没有改观，消极情绪开始在我们之间蔓延。我们通话减少了，哈娜回避来自德里的电话，我也不再每天向她汇报家里的状况。

为什么我要让哈娜卷入这一切？为什么我生来就是婆罗门？事实上，我为什么要出生？为什么我做什么事都得苦苦挣扎？这一切还要继续下去吗？假设他们同意我俩结婚，哈娜又该如何适应他们？我是坏人吗？我问自己这些问题，但每次都没有答案。

大脑积极的一半不再与消极那半争论。我想抱着妈妈哭，每天早餐时都很绝望无助，我甚至不吃早餐了。

一个周末，我买了几瓶百加得借酒消愁。对一个从不喝酒的人来说，一瓶百加得足以创造奇迹。我打开笔记本电脑查找公司的一个健康提示。

心理健康

研究显示，每四个印度人中就有一个患焦虑症。如果不及时处理，焦虑可能会导致严重的抑郁。心理或情绪健康不仅仅指人们没有感到焦虑或忧郁，而是指整体心理健康状态，包括你对自己的评价、人际关系的质量，以及管理自己的情绪和处理困难的能力。

以下情况和行为需要警惕：

1. 无法入睡。
2. 注意力无法集中，已经影响到工作或个人生活。
3. 使用尼古丁、食物、药物或酒精来应对不良情绪。
4. 有消极或自残的想法。
5. 有死亡和自杀的想法。

以上由世界心理卫生联合会和世界卫生组织联合发布。

喝了两杯啤酒后读到这篇文章，我很纳闷，世界卫生组织怎么知道我的问题呢？谁让他们知道的？每四个印度人中就有一个遭受这种痛苦吗？甚至连婆罗门也不例外？难道婆罗门不是因为前世的善行而被排除在外吗？谁在记录我们前世所做的一切呢?

有了这些想法,"情感大戏"很快失败了。

我正在阅读需要警惕的行为,这时接到了莫努的电话。

"嗨,哥,你和嫂子都好吗?"

"和往常一样。别叫'嫂子'了,她没跟我们通话。"

"可她仍然是我的嫂子。"

我吼道:"别再拿你嫂子的事来烦我。"从痛苦中恢复了理智,我向他道歉,"对不起。"

"理解。我有情报。"

"好消息还是坏消息?"

"这取决于你怎么看。几天前电视上开始播新连续剧,色彩频道晚九点播出,爸妈经常看。"

"有什么特别?剧里有人自杀还是怎么的?"

"看了你就会明白。"

我找到色彩频道,第一次认真地看起来。起初是一些老套的音乐,休息时预告片说:"一个关于婆罗门男孩和卡亚斯塔女孩的故事。"

百加得的作用消失了。这部电视剧名叫《叶彼儿娜霍加甘》,讲述了发生在勒克瑙[1]小镇上的爱情故事。男孩出身于富有的婆罗门家庭,女孩来自贫穷的卡亚斯塔家庭,由雅米·高塔

---

[1] 印度北部城市。

姆和高拉夫·康纳主演。这部片子无疑在我的伤口上又撒了盐。

我叫起来:"这算什么!一部电视剧要决定我的命运吗?"

我生平第一次认真地看了一部连续剧,事实上,哈娜一家也在追这部剧。它揭示了两个种姓之间的所有问题和差异:一个是纯素食主义者,另一个是非素食主义者;卡亚斯塔家的日子捉襟见肘,婆罗门家锦衣玉食;卡亚斯塔一家人擅长做生意,婆罗门家心思单纯。哈娜的住处没有电视看不到,直到现在我仍感谢她的房东没买电视。

我开始憎恶一切,工作、家庭、朋友,甚至我自己。工作也没能使我忙起来,我经常找借口把自己埋在被子里。那些日子,被子是我最好的朋友,每当我把自己埋在被子里时,痛苦就会离去。

爱每一个人

几天后,我接到一个朋友的电话,那个消息令我很沮丧。我不知是否应该在本书中提及,但又避免不了……抱歉,伙计。

读 MBA 时的一个好朋友的女友因为抑郁症自杀了。我把这件事告诉了老爸,并决定去趟孟买。我在印度铁路餐饮和旅游公司网站上找票,但想马上买到火车票的难度无异于购买改编自印地语的《谁想成为百万富翁》[1]的热点座位。当然,我仍不够幸运,只订到了胡里节时的票。

我给哈娜打电话:"哈娜,我有个不好的消息。"

"阿杰,跟我说点儿其他事,我……"

"与我家无关。你记得维巴夫吗?"

---

[1] 印度的一档电视问答节目,后被改编成同名电影。

"记得,你读 MBA 时最好的朋友。"

"对,还记得我跟你提过他女朋友吗?"

"是的,他们要结婚了。"

"她自杀了。"

"什么?"哈娜震惊了,过了几秒钟问道,"为什么?"

"不知道。我打算胡里节时去孟买。"

几秒钟沉默后,她说:"我再给你打过去,阿杰。"

她的声音低沉,快要哭了。十五分钟后,电话打了回来。

"对不起,阿杰。"哈娜低声说。

"要哭就哭吧,我们无能为力。"

当你告诉别人不要哭时,他们反而会哭得更厉害,大概这是人类特有的一种行为。

"阿杰,我不是因为维巴夫哭,而是因为你。"

"我没事,亲爱的。"我说。

"对不起,阿杰。别人有困难时,你永远不会弃之不管。你要去孟买见朋友,我却给你增添了不必要的压力。阿杰,我只嫁给你,即使要等上一百万年。你什么都不用担心,我能坚持。"

她的话使我很伤心。

"听你这么说真好,亲爱的,别哭,我也不会离开你。"我含着泪说。

她哭得更厉害了:"阿杰,答应我,无论情况多艰难,永远不要自杀。"

"为什么要自杀？我拥有你这样美丽的人和我分享人生。"

"不管我能不能和你在一起，如果你对生活失去兴趣，就开始为别人而活。"

"我永远不会自杀，亲爱的，我不是懦夫。还记得我们说过什么吗？"

"记得，你永远不会投降。"

第二天，莫努给我打电话。

"哥哥，有情报。"

"好消息还是坏消息？"

"这得看你怎么想了。"他顽皮地说。

"说吧，无论什么消息，我都准备好了。"

"哥哥，听好了，爸妈准备接受嫂子。"

"他们准备接受？"真令人难以置信，我完全没想到事情会是这样。

"爸爸对妈妈说了维巴夫的事，妈妈现在也知道了。"

"妈妈在浦那还见过维巴夫一次。"

"爸妈怕不同意你和嫂子的事你也会自杀。所以，妈妈对爸爸大发雷霆，说她只想要儿子，不管什么婆罗门还是卡亚斯塔。"

突然，妈妈打来电话。

"莫努，妈妈来电话了，回头说。"

我给妈妈打了回去。

"嗨，妈妈。"

"哈娜怎么样？"

"哪个哈娜，卡亚斯塔种姓的那个？"我尖刻地说。

"不，我的儿媳哈娜。"她说。

我的眼睛湿润了："怎么变化这么大？妈妈，为什么会发生奇迹？"

"我不知道，我只想让我的儿子快乐。"她的话使我喉咙哽咽。

"爱你，妈妈。"

"我也爱你，儿子。"性格的另一面又把她拉回卡亚斯塔的问题上，"我知道她完全吃素，但是……"

"妈妈，别看连续剧了。"我知道她话的出处。

"别跟我犟嘴。你们这些年轻人跑去自杀，真是懦弱。"

"你为什么不直接跟她说？"

"也是，你把她电话接过来。"

我拨通哈娜的电话，让老妈不要挂："哈娜，妈妈要和你通话，她已经准备好接受你，希望和你谈谈。怎么样，你准备好了吗？"

"一切都准备好了。"哈娜说。

"你得称呼妈妈，而不是阿姨，知道吗？"我做出指示。

现在，我身处一个可怕的电话会议之中——一个母亲，一个准儿媳，一个儿子。婆婆与儿媳的经典场景在我脑海中浮现。

"您好，妈妈。"哈娜说。

"哈娜，你好吗？"

"很好，妈妈，您好吗？"哈娜说。

"我很好,孩子。对不起,哈娜,我们不是反对你。我相信我儿子的眼光,但你知道我们受社会束缚。即使生在婆罗门家庭,他也几乎不信神,可我信神,我的心告诉我这么做是对的,希望你也相信神。"

每当妈妈情绪激动时,就会说些毫无意义的话,我得在她问起哈娜经文和布道之前打断她。

"妈妈,她对神深信不疑,甚至比你还虔诚。"

"我们说话时你别插嘴。"

我意识到儿子永远不应该打断婆婆和儿媳的对话。

妈妈和哈娜又说了一会儿,三方通话结束,我终于得到极大的安慰。现在,剩老爸独自作战了,就像《摩诃婆罗多》[1]最后一位武士阿什瓦萨马那样,但我心里聪明的阿朱那说,这场感情戏赢定了。

当晚,老爸打来电话,他深情地说:"索努,种姓和宗教很重要,因为我们生活的世界里如果没有归属就会感到孤独。我知道世界在变,也希望有一天我们能超越这种人为的种姓和宗教歧视,到那时我们必须顺应社会发展。我们是群居动物,也许身上更多的是动物性而不是社会性。"

我沉默不语,聚精会神地听他说话。

---

[1] 与《罗摩衍那》并称为印度两大史诗。该书核心故事是以列国纷争时代的印度社会为背景,叙述了婆罗多族两支后裔俱卢族和般度族争夺王位继承权的斗争。

"我的儿子,你是我的骨肉,对我来说没有什么比你更重要,你是我的世界。一个孩子出生,为父母带来很多希望和快乐。当父母做了蠢事,自己只是一时难过,但所疼爱的孩子却会痛苦一生。我想知道为什么父母不理解被他们视为生活唯一目标的孩子的痛苦,我不知道这是为什么……"他沉默了几秒钟。我知道他在尽力忍着不哭。

"听着,索努,如果你相信和哈娜在一起会幸福,我们祝福你,我知道你们会是幸福的一对。"

他叹了口气:"记住,索努,你是我勇敢的儿子。"我虽看不到老爸的眼泪,但能清楚地感觉到他声音里的颤抖。我不明白为什么父亲总是摆出一副严厉的面孔,但老爸证明了他们没有看起来那么坚强。

两分钟后,我们挂断了电话。

我发短信给他:"我爱你,你是最好的父亲。"

我觉得好像有什么东西卡在喉咙里感到窒息,跑进洗手间打开水龙头放声大哭,心中内疚满满,嘴唇颤抖,哗哗的流水声淹没了哭声。坐到马桶上,我认真地哭起来,这次不是鳄鱼的眼泪,也不是感情戏。

我对自己说:"你不是个好儿子。你周围是爱你的父母,他们只在乎你。感谢神给了我如此可爱的父母兄弟和这么可爱的伴侣。"我哭着说,"爱你,莫努。爱你,老爸。爱你,老妈。爱你,哈娜。爱你们每一个人。"

第三章
你是最好的妻子

幸福短片

经历了长达七年的友情、爱情、斗争、做戏,以及各种情感之后,7月4日,婆罗门男孩终于等来了迎娶卡亚斯塔女孩的时刻。梦想成真,我们的幸福溢于言表。双喜临门的是,哈娜收到了诺伊达 CSC 印度有限公司的工作录取通知。

2010 年 7 月 4 日是我唯一觉得自己真正特别的一天,所有目光都聚焦在我身上,比在 IERT 第一次演出还要紧张。亲戚们拒绝参加婚礼,父亲的情绪有些低落,新娘却非常高兴,脸完全圆了,浓妆下连酒窝也不见了。

最后,期待已久的花环仪式和交换仪式结束,哈娜的亲戚和我的朋友们接管了舞池。看他们跳舞,我挤出一张笑脸掩饰紧张,保持平静、严肃和沉默。其他亲戚都忙着拼命抢吃的,身边的哈娜脸红红的,像灯泡一样闪闪发光,随时可能幸福得爆裂。我感觉舞台有点儿晃动，因为是用胶合板搭的，即使一个小孩穿过也会摇晃。

仔细寻找晃动源头，然而一无所获。环视舞台，除了新郎和新娘没有别人，这时我意识到了是新娘，她正随着音乐轻轻跺脚，因为穿着纱丽，刚才没能注意到。

"女士，怎么了？"我一边四下查看一边小声问她。

"我想跳舞，阿杰。"她嘟囔着。

"哈娜，忍耐一下。老爸正看着呢，他不喜欢儿媳在众目睽睽之下跳舞。"

要求哈娜不要跳舞等同于要求政府官员不要受贿。

"阿杰，一生只有一次婚礼，我们不会再结一次婚。"

"哈娜，忍耐下，求你了。"

结婚之前，哈娜常把"忍耐"挂在嘴边，现在却换成了是我恳求她。婚姻确实让我们发生变化。

"跳吧，阿杰，就当是为了你的妻子。你会永远记住这一刻。"她恳求着，低声耳语打动了我，我的内心在说，为妻子豁出去了。

我打电话给一个朋友，小声说："你这浑蛋，只顾自己跳舞。"

"你也来啊。"

"听我的计划。"当我说出"计划"这个词时，自己都嘲笑起自己来。哈娜瞪着我，仿佛犯了滔天大罪。

"仔细听着，五分钟后你和波亚·迪一起过来硬拉我们跳舞。记住,我会一直说不,但你一定要坚持,直到我们同意为止。"

五分钟后,他来到我们面前假装强拉我跳舞。遭到几次"无情"的拒绝后,我终于跳进了舞池,觉得可以给新娘打电话了。我转身去找,可她已经站在舞池里了。接下来的五分钟,我们尽情地跳起来。父亲一直像《勇夺芳心》中的传奇人物阿莫瑞什·普瑞那样瞪着我们,我们却只管沉浸在舞蹈当中。

哈娜给了我一生中最快乐的一段回忆。

希望哈娜是那种罕见的能面带微笑离开家人的印度新娘,这并非说她离开母亲不难过,而是她故意不想挥泪同任何人告别。回到酒店房间,她抱着我,像个虚弱的女人似的在我怀里泣不成声。我像父亲那样抱着她,尽力安抚。她接着问我:"为什么女方要去男方家?为什么只有女人要承受生活中这些痛苦?确切地说,为什么是我?为什么不能和我父母住一起?阿杰,为什么?"

我没有回答。每次这种情况我都勉强回应:"一切都会好的,宝贝儿。"

那天我理解了为什么我们通常管女朋友叫"宝贝儿",因为每个男人心中都住着一个父亲,而每个女人心中都住着一个孩子。

生命的质量很重要

婚礼结束后,我们去克什米尔度蜜月。爱情谷很快又多了两个正式情人,在印度,婚姻是爱情的许可证。哈娜满心欢喜,我们都很兴奋。看到爱人幸福的模样总是那么令人欣慰。

我们三人乘小船在达尔湖上闲逛,第三个人是船夫。船上的座位是印花的深红色背景。周围的水和雪山、叽叽喳喳的鸟儿与依偎在怀中的公主令这一刻如梦如幻。座位上的红色天鹅绒坐垫使我们感觉仿佛正舒服地躺在铺满玫瑰花瓣的床上。我觉得自己像一个国王,正和王后巡游。我用左臂搂住她,她舒服地躺到我怀里。湖上的景色令人陶醉,而我们的声音不时打破湖面的寂静,非常浪漫。

"阿杰,为什么要坚持度蜜月?咱们可以推迟旅行,婚礼已经花很多钱了。"

"亲爱的,现在我们有时间庆祝。记住,被推迟的蜜月等于没有蜜月。"

"潘德吉家的逻辑!"她皱起眉头,"不过,阿杰,在达尔湖上畅游真的很浪漫。我的曼海蒂[1]是不是很漂亮?现在还有呢,来闻一闻。"她用手心捂住我的鼻子,这样我就闻不到别的东西了。瞧,这就是结婚带来的麻烦,你必须持续赞美一切。

"哇!太美了。"我说。她怀疑地看了看我,但身为一个女人,她喜欢我的赞美之辞。

"阿杰,咱俩结婚这么不容易,像演戏一样,这不正是永恒的爱情故事吗?"

"我不喜欢永恒的爱情故事。他们都是不切实际的人,我讨厌自杀的结局。"

"真粗鲁!没想到啊。"她震惊地说,"几天前恋爱结婚的是谁?"

"女士,阿玛尔·普莱姆·卡哈尼爱情故事里总有人死去。"

她困惑地看了我一眼。

"哈娜,爱情主题中永生的那些著名爱情故事、电影和传说,在最重要的彼此尊重且相互独立这方面却失败了。"

"我从没想过这个。"她平静地说。大脑工作时,即使是话

---

[1] 即印度手绘、印度纹彩。这种民间艺术是用天然植物指甲花的叶或幼苗磨成的糊状颜料在手掌、手背及脚上绘图。在重要的节日和婚礼上是必不可少的一道仪式,因此有"没有曼海蒂,婚礼不算齐"之说。

匣子也会闭嘴,"阿杰,这么说来,是不是这些传说中的情人都是失败者?"

"是的,现实生活中不存在理想的爱情故事。"

"不,阿杰,我不同意你的说法。"她的口气像在法庭上拒绝我的请求。

"嗯。"我的反对意见应该是被否决了。

"所有这些恋人并不是因为生活失败被人们所熟知,而是因为他们的生活质量。"她解释说。

"质量?"我一时没弄明白。

"是的,阿杰,生命就是一场旅行。每个人出生却总有一天会死去。有人庆祝银婚,有人庆祝金婚,有人活了一百岁,但生命的价值不是以人在这个地球上活了多少年来衡量的。"她说。我感觉自己像坐在圣人面前,皱了皱眉,什么也没说,这是我第一次从妻子那里得到了宝贵的人生经验。

她继续说:"生命质量才重要,而不是生命长度。"

"能说得详细些吗?"我装傻问道。

"现在,回忆下你的生活,阿杰,想想你记忆中最美好的事情。"

我开始回忆:"嗯……我当上校队队长时,嗯……足球比赛中射进金球时,当你接受我的爱时……"

"潘德吉,你真是不善于记住生命中最美好的事情。"她打断了我。

"你说。"这样可以避免进一步难堪。

她兴高采烈地说:"嗯……我十年级和十二年级公布成绩的时候。"我叹了口气,这是我心底不能触碰之痛。

"去浦那那回与你在雨中跳舞、决定一生跟随你、第一次抱姐姐的宝宝南胡、第一次听他叫我'阿姨'、和波亚·迪在家跳舞、你送我惊喜的礼物、得知你找到工作的消息、宣布订婚、诺伊达的 CSC 给我发来录取通知、新娘化妆、拍婚纱照时。"

"打住,打住,女士……回到正题上来,我很嫉妒……你的清单居然这么长。"

"试想一个 25 岁的人有 100 次这样的经历,而一个 50 岁的人有 75 次,那么谁对生活更吝啬呢?"

"当然是年轻的那个。"我惊讶地说。

"没错,潘德吉,重要的是生活品质,而不是时间长短。"我沉默不语,什么也没说,这一次是我陷入思考。突然,哈娜朝我脸上轻弹了几滴湖水。

"阿杰,我第一次在克什米尔坐船旅游也要加入清单。"她笑着说。

"因此,你喜欢那些自杀恋人的故事?"我好奇地问。

"永远不会喜欢。那么多人每天都在为了与所爱的人一起生活而奋斗,可这些过度情绪化的傻瓜却自杀了,他们一点儿都不值得我尊重。"

"但是,哈娜,对恋爱中的人来说,每天都很特别,一生无法忘记。"

"没错,这就是为什么每个爱情故事都独一无二。"

"是的,但我们是超级独一无二。"

"为什么?"

"谁会在度蜜月时讨论这种事?"

"这是一节浪漫主义理论课。可蜜月不是理论上的,咱们还是多加实践吧。"她笑着说。

房子变成家

婚后我们搬到诺伊达,从此生活中有些东西翻倍了,每样东西都有两份:两份包裹,两口之家,两人间,双人床,两个爸爸,两个妈妈,就连早点儿回家的理由都有两个。简言之,我的幸福翻倍了。哈娜入职 CSC 的日期被推迟一周,这多给了我们一周的时间可以把住的房子变成一个家。

但我得回德里奥克拉的办公室继续工作了。星期一早上七点左右,音乐的吵闹声搅了美梦,我还以为是哈娜在听音乐,睡意沉沉地睁开眼睛却发现她并不在身边。厨房里传来锅碗瓢盆的碰撞声,我打了个哈欠,半眯着眼睛走过去。令人惊讶的是,一个摇摆跳动的身影正在玩弄着一个炊具。

困惑地看了几秒钟后,我才认出这人是谁。

哦,是我的妻子!

我幸福地睁大了眼睛。看到心爱的人这么欢快地跳舞真高兴！我没有打扰，一直看着她跳。两分钟后，她转过身来。

"早上好，潘德吉。"

"早上好，亲爱的。"

她把火调小，抓过我的手，随着电视里的节奏优雅地摇晃起来。

"跳啊，阿杰！"

起初我拒绝邀请，但最终无法抗拒这份热情，和她一起跳起来。是的，结婚后每个丈夫都得跳舞。我跟着歌又唱又跳："爱人，我可以在你的命令下去死。"[1] 但我的舞步使她突然爆笑起来。

"阿杰，你的舞步好特别！"

"必须特别，潘德吉风！"我自豪地说。

"你从哪儿学的这些舞步，宿舍吗？"

"一种独特的舞风，所有住宿生都叫它'潘迪舞步'。"

"哦，你在 MBA 学了新舞步？"我重复扭着，她大笑起来，"你在哪儿这样跳过？"

"邦帕蒂维瑟尔詹游行期间，为浦那邦的甘尼萨勋爵送行时。"

她微笑着走到我身边，小声说："我觉得自己好像在和路边的流浪汉跳舞。"

"去死！"我开玩笑说，"我不跳了。"

"潘迪吉，但我爱你。"她说着抱住了我。

---

[1] 一首流行歌曲的歌词。

"你怎么会爱上流浪汉呢？而且还是路边的流浪汉？"

"不，我爱的是一个即使不懂舞步也肯为我跳舞的人。"我报以微笑，被这个解释打动了——从来没有像她这样关注过生活。走进洗手间，我在心里想，这样开始一天真好，感谢哈娜，给我的生活又增添了一份甜蜜的回忆。

一小时后，我正要去上班，她叫住我："阿杰，你的午餐盒。"

我笑了，第一次带午饭去办公室。欢迎进入婚姻生活，潘德吉！

她抱着我说："像《天生一对》里的沙鲁克·汗那样抱着饭盒。"

我调整了一下头盔，要发动摩托时抬头看了看阳台，妻子给了我一个飞吻。我假装接住这个仿佛像从天而降的甘露，一滴甘露足以把诺伊达整个地区变成壮观的大壶节[1]盛会。从此这种场景日复一日，我们有了喜欢周末的新理由——我有更多的时间睡觉，而她有更多的时间做饭和跳舞。

我们不再是少男少女，而是一对思想成熟的恩爱夫妻。哈娜是厨房的主人，我总说厨房是你的地盘，身为厨房主人，你拥有这个地方的所有权利，可没想到这句话却成了我的严重过失。

她彻底重整了厨房，把我的旧器皿打包扔掉换成新的。厨房不是唯一被改造的地方，她还买了一张新沙发、几件陈列品和一

---

[1] 也称无遮大会，或音译昆布梅乐节。千万朝圣者到印度人的圣河即恒河举行沐浴仪式。

张梳妆台,把我那脏乱的房子变成了一个像样的家。每个周末她都会去商店买厨具、窗帘和小摆设,我则忙着和售货员讨价还价。

现在,我有两对父母,我的电话费也翻番,幸好信实用户之间的通话免费。家人总是在危急时刻施以援手,在我潇洒快活时却从不打扰。

爸爸、妈妈和莫努他们三个现在只给哈娜打电话,我几乎接不到他们任何一个人的电话。更讽刺的是,虽然我是他们的谈话主题,但似乎在每个人的名单上都把我排到后面。不过这种感觉还不错,哈娜接纳我的家人令我感觉很愉快。结婚已经一个月了,我喜欢婚姻带来的小变化,但并非所有改变都令人愉悦。

结婚一个月以来,哈娜通常下班比我晚,也比我晚到家。这天我回到家,惊讶地发现她已经回来了,而且还穿着纱丽[1]。

"哇,你看起来太美了!怎么回事,你为什么这么早回家?"

"你忘记今天是什么日子了?"

"今天有什么特别吗?"我疑惑地问。

"嗯……今天是8月4日。"

"是你的生日还是……"我忐忑地问。

"你不记得我的生日了,是吧?"她瞪着我。

我开玩笑地说:"我知道,但是……"

"别说了,快进来。"她打断我的话。

---

[1] 印度妇女传统服饰,用一块长3米的布包裹出来,这块布被称为纱丽。

走进客厅,我发现一束花和一个黑森林蛋糕,上面点着蜡烛——难道今天是我的生日?

我走到蜡烛前,开始在心里猜测。

"是你加入萨蒂扬的日子?还是波亚·迪的生日?莫努的生日?"

猜了好几个都不是,我决定直接问。

"到底是什么日子,亲爱的?"我故作天真地咧嘴一笑。

"我们结婚一个月的纪念日。"

"什么!"我十分困惑,不知道该高兴还是难过。为了不扫她的兴,我大声说,"恭喜,哈娜。"

"你也是,亲爱的。"

"好吧,让我们记住这一刻。"我假笑着拍了几张照片,身体虽然在这里,但焦躁的心已不知道跑哪儿去了。

"哈娜,我有个问题,希望你不会介意。"

"问吧。"她嘴里塞满了蛋糕。

"每个月的四号我们都要这样'纪念'吗?"我害怕地咧嘴笑着问。

"你是害怕每个月都要花掉你宝贵的钱买蛋糕和花吧?"她笑得差点儿喷出蛋糕。

"不完全是。"我抚摸着她说,"我想知道是否每个月都能看到你穿纱丽。"我巧妙地转换了话题。

"阿杰,如果你喜欢的话,我可以每天穿纱丽。别担心,我做这些只是因为这是我们结婚第一个月的纪念日。"

"随时欢迎,夫人。"我松了口气。

"你是吝啬鬼。"她咯咯地笑。

"好吧,先不说这个了。这个星期六我有几个朋友要来吃饭。"我试图转移话题。

"为什么不先问问我?"

"有什么可问的?我请朋友……"我耸了耸肩。

"只是……我还没买餐具。"

"咱们之前买的是什么,用来玩的吗?"

"哦,阿杰……我指的是盛食物的盘子。"

"好吧,咱们星期六去买,改成星期天吃饭。"我说。

"但是……阿贾伊!"

"怎么了?别这么叫我,我害怕。"

"咱们还得买沙发垫……"

"好吧,星期六一起买。"我叹了口气,"还有什么?"

"没有了,但是阿贾伊,我才刚学做饭呢。"

"只做米饭、面包、咖喱和沙拉。"

"米饭!你是傻还是怎么的?他们不是来见你,他们是来见我的!"

我突然意识到自己陷入深深的麻烦当中。

"哈娜,他们不习惯被慷慨招待。想当年,有好几次我们三个人吃一盘饭。别当真,如果你这么隆重地招待他们,他们该每天都要来了。"我笑着说。

"阿杰，你现在结婚了。"

我不知道该怎么理解这句话，但肯定对我不利。瞧，这就是问题所在，我在心里诅咒自己为什么要结婚。

"来几个朋友？"

"两个，嗯……不，是三个。"

"你都不知道要来几个人？"她几乎叫起来。

"其实是两个人，但他们吃东西就像……还是把他们当三个人好。"我说得仿佛乞丐求着再要一张薄饼。

"当然，他们是你的朋友，我会尽力的。"她叹了口气，"阿杰，有两件事咱们得讨论一下。"

"讨论？刚才半个小时难道我们在唱歌吗？"我心想。

"什么事？"我咧嘴一笑，心里却在说："来杀我吧，我准备好了。"

"首先，你得打扫洗手间。你从不清理，不要穿着脏拖鞋进去。如果我是厨房的主人，那你就是洗手间的主人。"

这是什么愚蠢逻辑？

"好吧，同意。第二个呢？"我说。

"盖完被子必须叠好。你每天起床像国王，有仆人在身后叠被子。"

我笑着点头。

所有令人恐惧的婚后生活画面在眼前浮现，我傻笑着说："结婚一个月快乐，夫人。"

婚姻生活与单身朋友

星期天下午,门铃响了。

"哈娜,维施鲁和哈什到了。"

"好的,去开门。"

我打开门,欢迎维施鲁和哈什,他们是我中学时的好友。维施鲁胖胖的,心思单纯。哈什留着法式胡子,脖子上挂着一条很粗的金链子,足有 200 克,厚重的金链子使他看起来像个有钱的恶霸。

"嗨,潘都!"维施鲁说。

"嗨,甘都。"我回应道。

"你好吗,哥们儿?"哈什说。

"很好。"

"我们来这儿不是看你,是来看嫂子的。"哈什一屁股坐到沙发上。

"好的,我去叫哈娜。"我往里屋走。

"潘都是谁?"哈娜问。

"维施鲁有时腻歪地叫我'潘都'。"我咧嘴一笑,哈娜凝视着我的眼睛。

"哈娜,这是维施鲁,这是哈什。"我介绍两个魔王。

"嗨,哈娜。"维施鲁说。

"你好,哈娜。"哈什行了合十礼。

"你们在这儿聊天,我去给你们弄点儿吃的来。"哈娜微笑着说。

"哈娜,别客气。我们已经吃过东西了……"

我瞪着维施鲁,打断他说:"别装了。我已经告诉哈娜要来三个人了。"哈娜不解地看了看我们,介绍完便进了厨房。

"你这个浑蛋!她整个上午都在为你们准备吃的。"我低声说。

"我们不饿,差不多一小时前刚吃过东西。"

"熊人,她端给你们什么,你们就吃什么。"我十指交叉恳求道。

"妻管严!"哈什说。

"下周末咱办个单身派对吧!"维施鲁说。

"但我已经脱单了。"

"告诉哈娜,下个星期是我的生日。"维施鲁小声说。

"好,这是个好主意。"我狡猾地朝他俩笑笑。

哈娜正在厨房里做面包。

"需要帮忙吗?"我虚伪地笑着问。

"他们是你的朋友吗?"她低声问。

"怎么,现在连朋友也要换吗?"我震惊地说。

"看看哈什和他的大粗金链子,我看他像个地痞。他们还说我不喜欢的俚语。"

"什么俚语?"

"潘都、浑蛋之类的。"哈娜生气地低声说。

"他们喜欢我。"我笑了,"好朋友之间不需要这种礼节……"

"什么意思?难道还会称呼我'潘都夫人'或'G夫人'吗?"她生气极了。我一声不吭,心想,潘都先生,你有麻烦了。

"阿杰,我不在乎他们说什么,但你是我丈夫,我不喜欢那些话。"

"好吧,我们先吃饭。"

虽然放弃了最初的计划,但我那永不放弃的狡猾头脑想出了另一个计划。我朝他们走去。

"维施鲁,你必须当着哈娜的面对我发出邀请。"

"哈什,你得称赞午餐好吃。"我用手指着他说,"叫她嫂子,她会喜欢的。求你们了!"

两人点了点头,对我的处境深表同情。

"东西真是太好吃了!"哈什吃饭时说。

"真的吗?"哈娜红着脸说,"谢谢。"

"阿杰,下星期六是我生日,你来参加生日聚会吗?"维施鲁看着哈娜说,"对不起,哈娜,这是单身派对。"

"完全可以,没问题。"哈娜说。我如释重负地叹了口气,点头接受了邀请。

他们离开后一小时,我问哈娜:"哈娜,下周六你想干什么?想去哪儿吗?要不要我送你去?你在家会无聊的。"

"别担心,我会追错过的连续剧,只是几个小时的事。"

"呃,哈娜,这是单身派对,也许会搞到凌晨两三点。哈什家在沙达拉,我晚上回不来,得第二天早上才回来。"我说得好像沙达拉在撒哈拉沙漠似的。

"那我一整晚怎么办?我不能一个人睡,我害怕。"

"怕什么?"

多奇怪啊!我不在她害怕,而她在身边我会害怕。

"说不好怕什么,阿杰,但我不能一个人睡。你可以晚回来,但一定要回家。"

"聚会结束那么晚往回走不安全。"

"这意思是你打算喝酒?"

"你知道我不喝酒。"我做了个伤心的表情,"好吧,我不去了。"结婚前我就学会了如何演戏,现在这招更管用了。

"不,不要取消。但你已经结婚了,阿杰,你应该更有责任感。下次要果断拒绝这种邀请,你这个胆小鬼。"

如果我听她的话,朋友会叫我胆小鬼;如果我听朋友们的,哈娜叫我胆小鬼。神啊,帮帮我吧!

幸福是有代价的,既然前一天晚上已经消费了,现在是付出代价的时候了。

星期天早上,通宵派对后,哈娜一声不吭,脸上的深酒窝消失了,一点儿也不高兴。她肯定一夜没睡,我只好对着空气说话。

"所有朋友都是白痴,我再也不参加这样的聚会了!我知道今天他们单身,明天就会结婚,然后消失。"我说这话是为了缓和气氛,但根本没用。

"还有问题吗,哈娜?"我抱着她问,但这问题如同向一个盲人问路。

"我没事,阿杰,别理我。"她把我的手从身上挪开。

我现在清楚了一件事:永远不要离开你的妻子,尤其是当她说不的时候。我决定试试其他方法。为了哄她高兴,我想应该打扫一下洗手间。我把清洁剂全都倒在浴室的瓷砖和地板上,开始清洗。擦洗厕所制造了许多噪音,我故意弄出很大声音,希望哈娜能给一丝回应。

大约五分钟后,哈娜走了进来:"你在干什么?"好高兴,她就要原谅我了。

"打扫洗手间。"我自豪地说。

"我昨天已经清洗过了,今天没必要打扫。"

"什么!"我好像被打了一巴掌,"每天都需要洗。"我坚定地说。

"随便你,但先清洗你的脑袋!"

她走开了。我用刷子打了下脑袋,接着又开始洗刷。

她一整天都没怎么说话。我说了几次对不起,但没有用。在我的礼拜房间,我发现了一张毗瑟奴神的画像,他躺在一条蛇上,女神拉克希米坐在他腿上。我对着毗瑟奴神的照片说话:"神啊,你喜欢这样吗?请告诉我,像拉克希米这样的女神究竟在哪里?"

然后我把画像拿到哈娜面前给她看。

"她是谁?是哪个女神?"我指着拉克希米的画像问。

"你是婆罗门,我不是。"她生气地说。所有取悦的努力都失败了,晚上睡觉前,我做了最后一次尝试。

"怎么了,哈娜?如果我伤害了你,我向你道歉。"

"如果?"她问。

我耸了耸肩,她转过脸说:"别烦我。"

最后,我放弃了,打算第二天再接着哄。那天晚上我大约两点才睡着,觉得喉咙被卡住了,好像有人掐着脖子要把我弄死似的。我很害怕,醒来后大口喘气。

"哈娜,你是想杀死我怎么的?"

"你真没心没肺!妻子在身边哭,你还能睡得着?"

哭？我激灵一下。

"如果我伤害了你，真的很抱歉，哈娜。"我说着打了个哈欠。

"阿杰，你为什么道歉？你甚至都不知道为什么要说对不起。"

"对不起，亲爱的。"我说。

"又一个'对不起'。"哈娜说。

"最后一个对不起是没有道歉的正当理由。"我补充道，自己现在做的事真是太不可思议了。

"说对不起有什么用？"她停顿了一下，我感觉她快要哭了。

"阿杰，你说抱歉只是为了摆脱现在的处境，却不想去理解我的难处。"她说，然后拿出了致命武器——哭泣。她是个多愁善感的女孩，但突然大哭起来却出乎我的意料。

我抱着她说："我希望我的妻子幸福快乐，不管是什么原因妨碍了你的正常生活，我都很抱歉。"

有些时候，一个无声的拥抱比一句道歉更有效。最后，她融入我的怀抱，紧紧抱着我，像一个被吓坏了的婴儿。

"好吧，哈娜，我不会再丢下你不管了，再也不参加单身派对了。"

"阿杰，昨晚我根本无法入睡，快要气炸了，一想到你只顾自己和朋友们在一起开心，我就更生气。你可以去参加聚会，但不要留下我一个人。如果家里有亲戚来，你才可以离开。或者，你还有一个选择。"

"什么选择?"我兴奋地问。

"给我一个孩子。"

"什么!"我惊叫道,"派对和孩子有什么关系?"

"无论何时你去参加聚会,我都可以和宝宝说话。"她一边抱着我一边继续说。

"那你就可以跟我的孩子抱怨我了?"我开玩笑。

她笑了。看到她表情变了,我松了一口气。她低声说了一句最难从女人嘴里说出的话:"对不起,阿杰。"

"你这又是为什么道歉呢?"

她笑着说:"当女人说对不起时,你只要听着就是了。有些事情很少发生,所以你要全神贯注!"

生活五彩斑斓

婚后不能再参加单身派对,但只要有机会和朋友相聚,我都不会错过,生活里需要一些新婚朋友。

高拉夫是我在 IERT 的同屋好友,我向哈娜表白之后,是他透露了有关我生病的消息,才使哈娜的心软下来,现在介绍下他的妻子尼哈里卡:她又漂亮又时髦,之前秘而不宣想当模特的愿望现在已不再是秘密,因为比我们年纪小,以前称呼我们为"阿杰学长"和"哈娜学姐"。虽然每个爱情故事都很特别,但我们这两对情侣有很多共同之处:读同一所大学,几乎每周末都找新地方玩,我那白色的桑特罗为婚姻生活带来许多美好时光。

一天晚饭后,我和哈娜照例出去散步聊天。为了燃烧卡路里,我们在诺伊达住处的一个花园里闲逛。我俩肚子周围已长出游泳圈。晚上和爱人聊天、散步总是很愉快，没有汽车喇叭，没人打扰，没有办公室的催命电话，什么都没有，只有我和她，只有四周氧分充足的空气和绿色植物。不过，这种散步聊天并非总是令人愉快。

"说说，阿杰，新公司怎么样？"

"相当不错的公司，最爽的是周六和周日都不上班。"

"这周末有什么计划？"

"计划？"我们都笑了，"计划"这个词总是带来爆炸性的后果。

"这周末有什么特殊的吗？"我害怕地问。

"阿杰，这是结婚两周年纪念之前的周末。"

"所以呢？"

"礼物呢？你计划了吗？"

"你是要礼物还是抢礼物？"我讽刺地问。

"当你婚姻幸福的时候，所有一切都会改变。"她笑着说。

"是的，你很幸福，我结婚了。一切都倒过来了。"我开玩笑道，她笑了。

"别隐瞒你的愿望清单了，全说出来吧。"我试探着说，"不过钻石不在预算内，不能像结婚一周年时那样。"

"你害怕了？我是一个苛刻的妻子还是怎么的？"

"如果我再送你一颗钻石，每年送钻石就成惯例了。"

"我对你的废话不感兴趣，我可是在帮你，以免你纠结不知给我买什么结婚周年礼物。"她说得仿佛是在为崇高的事业捐赠数百万元。

"经济实惠对我才有用。"

"潘德吉，你娶了一个女王。你见过我谈钱吗？拜托，大度一点儿。"

"潘德吉夫人，你嫁了一个乞丐，他要付车贷、房贷、租……"我开始数落。

"你胡思乱想真是太糟糕了。"她打开发夹，"我的头发怎么样？"

"挺好看的。"我耸耸肩。

"反应这么冷淡。想象一下我染发的样子。"她进一步给我灌迷汤，"爱你，阿杰。这就是我的结婚周年礼物——我想染头发。"

我大脑一片空白，开始想象妻子染发后的模样，她金发碧眼的形象一闪而过。我咧嘴笑道："哈娜，妈妈看见儿媳妇染了头发会中风的。"

"阿杰，这是我很久以来的愿望，上学时我就想染发，因为爸爸才没染，我想我的丈夫一定会帮我实现这个愿望。"

"想念你的短发。"

"阿杰，如果妈妈看见儿媳留着短发会怎样呢？"

"哦，嗯……"我无言以对，不知所措。

"你根本不懂女人心思。"

"不,"我怀疑地说,"我了解你的一切。"

"看着我的眼睛,它们不会让你想起任何人吗?"说着她走近我,让我重新集中注意力。

"我奶奶的眼睛。"我重复着一部印地语电影中的对白,把外祖母也扯了进来。

"愚蠢的丈夫,你从不欣赏我的眼睛。"

"你的眼睛很漂亮——可为什么我要天天这么说呢?"

"每天早上我去办公室的时候,你知道索娜尔怎么说吗?"

我耸了耸肩。她继续说:"她说,哈娜,你的眼睛那么性感,那么深邃,像薇迪雅·巴兰[1]。"

我在心里诅咒索娜尔,单凭这句话,我要杀了你,索娜尔。

我再次像只山羊似的盯着她的眼睛看,伸长脖子,假装微笑。

"谁会盯着薇迪雅·巴兰的眼睛看呢?我是说她还有别的事情要做。"我耸耸肩。

"变态,所有的男人都是狗。"

我放弃抵抗了。"听着,女士,你可以染发,如果妈妈问起,就告诉她是曼海蒂的颜色。别再提这事了,否则……"为了避免更多麻烦,我没再说下去。

"否则怎样?"

"否则眼前这条狗会咬你。"

---

[1] 宝莱坞实力派女演员,以塑造坚强有力的女性形象而著称,并被公认为打破了印地语电影女主角的窠臼。

可爱的女儿与准爸爸

接下来的那个星期六,我和高拉夫在美容院大厅外等候,女人们当然是在她们最喜欢地方了。两个已婚男士谈论着他们迷惑不解的事。

"拉直头发要多少钱?"我问。

"每六个月一万。"高拉夫说。

"染发也会成为经常性花销吗?"我震惊地问。

"是的,哥们儿。准备好每三个月拿出一万吧。"

"啊!"我张大了嘴。

"但是,我担心尼哈里卡。"他说。

"为什么?怎么了?"

"上个月她才把头发弄直,美发厅里的女士们像火靠近炸药一样。"

高拉夫的电话响了，尼哈里卡叫他进去。五分钟后他出来了，凭脸上的表情，哪怕是头驴也猜得到发生了什么事。

"为什么这么不高兴？"

"我就说吧，尼哈里卡也想染头发。"高拉夫沮丧地说。

"哦，"我哼了一声表示同情，"为什么？"

"为什么！"他说，"她们是女人。她染发是想当作结婚周年礼物送给哈娜。"

"什么？今天是我们的结婚纪念日，她为什么向你要礼物？"

"女人们随时都会要礼物。"

"没错，兄弟，每个月她们都会找出蹩脚的理由购物。"

"新年、情人节、胡里节、生日、卡瓦赫斯节、排灯节……圣诞节。"高拉夫沮丧地吐槽，我也跟着诉说起来。

"纪念日，她们甚至每个月都会庆祝纪念日。"我补充道。

高拉夫皱起了眉："老兄，她们可以花一辈子的时间买买买。"

我同情地拍了拍他的后背。

十分钟后，尼哈里卡出来了。

"尼哈里卡，哈娜呢？还在染发吗？"我问。

"不，学长，她染完了，现在旁边的商店挑礼服。"

"礼服！"我感觉自己要晕倒，看了看高拉夫的眼睛。

"祝你一切顺利，阿杰。"高拉夫说。

我走进商店，吃惊地问："哈娜，做完头发了你还在找什么？"

"阿杰,这些礼服真漂亮。我要买一件给我妈妈当生日礼物。"

我又掉进"礼物"这个词的旋涡,想起了和高拉夫的对话。她继续说:"我们去年送了一份礼物,所以她今年也会期待收到礼物。"

"这会成为一种惯例吗?"

"当然,送妈妈礼物并让它成为惯例,这太棒了!"她天真地说。感谢神,她还没为爸爸、波亚·迪、南胡和其他所有人形成这种惯例。

"阿杰,记着,如果我忘了这个惯例,你有义务提醒我。"她说。

我想告诉她的是,咱能不能开创一种不送任何人任何礼物的惯例!

"好吧,我们现在可以走了吗?"

"阿杰,你忘了点儿事吧。"

"哦,我需要付钱吗?"我天真地问。

"我已经付过钱了,你真是个愚蠢的老公。"她说。"愚蠢的老公"这个词让我想起索娜尔的话,及时点醒我,我意识到自己犯错了。

"哦,天啊,你的发型太好看了,像苏丝米塔·森[1]。"

---

[1] 印度模特和宝莱坞电影明星。1994年,她在印度小姐选美大赛中摘取冠军,同年在马尼拉又摘取了环球小姐冠军。

"走开!"

结婚纪念日前夜的十二点整,我们拥抱在一起。

"亲爱的,祝你结婚周年快乐。"

"谢谢,阿杰,你也是。"

我深情地看着她,这时她问我:"过去的九年时间里,和我在一起之后,你能想起什么美好的事情吗?"

"有啊,你的眼睛和时髦的染发。"

"少提它,潘迪先生。你花了九年时间才赞美我的眼睛,真是个无知的丈夫……目空一切的家伙。"

"老婆,今天是我们结婚周年纪念之夜,至少今天饶了我吧。"

"今天的意思是什么?"她瞪了我一眼说。

"哦。"我皱起眉头闭上了嘴。

"我有一件惊喜的礼物送给你,是最好的礼物之一。"她微笑着说。我心头一紧,不知她又浪费了几百万美元。

她关上灯,借助手机的光,把 USB 插入接口,打开我们的 32 英寸液晶电视。一阵点击后,屏幕上出现了一个名为"阿杰与哈娜的视频剪辑"。点击之前,她朝我走来,我抱住她,一起并排躺下等着视频播放。

"你知道为什么这个礼物对你来说是最好的吗?因为它是免费的。"哈娜说。

我笑了。

然后她播放了我一生中看过的最好的视频之一。

视频开始,背景音乐是电影《遵命,老板》中的一首歌:

> 总有一天,我会属于你
> 我们的道路铺满鲜花
> 我从没想过……

闪现的标题是:"珍惜阿杰和哈娜的人生之旅。"

一张张照片在蒙太奇的镜头中依次出现,哈娜选出我们最美好的照片制作了这段视频。我凝视着她,吻了上去。她非常高兴,眼睛比薇迪雅·巴兰还要亮。所有照片均来自我们大学里最美好的时光——她主持的活动、我的模仿秀、比娜和其他朋友、生日照、西姆拉[1]的降雪,还有克什米尔的蜜月、我们喜欢的地方、卡瓦赫斯和我们婚礼的照片,都出现在屏幕上。

五分钟视频的最后一行字让我兴奋不已:"永远属于你……充满爱,哈娜。"

看完视频,我意识到一件事:人们总是试图用金钱打动人,却忘记了生活中最好的礼物总是免费的。这就是为什么哈娜一生中拥有无数难忘的时刻。即使是一些微不足道的小事,她也

---

[1] 印度最北部的喜马偕尔邦首府,著名的避暑胜地和旅游城市。

能享受其中，而我却总是刻意谈论。我沉默不语，看着和妻子一起度过的难忘之旅激动不已。

"潘德吉，礼物怎么样？"

"太好了。"我抱着她说，"但遗憾的是，没有出国旅行的照片。"

"出国旅行？我一点儿都不感兴趣。我们已经去过整个北印度，我现在想要个孩子。"

"但有了孩子我们生活会受到限制，至少应该拥有一次长途旅行的经历。"我劝哈娜。

"阿杰，我忘了告诉你办公室的事。"

"别告诉我索娜尔又评论我没注意到的事情。"我开玩笑说。

她开玩笑地打了我一下，说："公司派给我一个美国当地项目，为期一年。"

"当地项目？一年？"我的脑子里开始把美元兑换成卢比，就在我做白日梦的时候，她打断了我。

"阿杰，别想美国了，我拒绝了这个项目。"

"拒绝？！为什么？只是一年时间。一年的牺牲会给我们带来很多钱。"我从她身边往后退了退。

"我不能离开老公一年。不管怎样，我想在印度生孩子。"她说着再次抱住我。

"我也是，但是……"

第三章　你是最好的妻子

我正要再接着说什么,她插嘴道:"阿杰,推迟生孩子就是拒绝生孩子。我已经二十八岁了,医生说女人应该在三十岁之前生第一个孩子。"

"是的,但我们还有两年时间。第一年在美国,第二年生孩子。完美计划。"我说。

"你是《精子捐献者》[1]吗?"她咯咯直笑,"不管怎样,没必要讨论了,我已经拒绝了去美国的委派。"

"好吧,亲爱的太太,就按你说的,咱们不说这个了。现在,告诉我,你想先要哪一个?男孩还是女孩?"我逗她。

"当然是女孩了。"她说。

"想先要女孩有什么特别原因吗?"

"我是家里的第二个女孩,家人都盼望着生的是男孩,尤其是我爸爸。"

"没什么大不了的,亲爱的。"我安慰她,"许多人都期望家里有一个男孩和一个女孩,咱们也不例外。"

"我知道爸爸体贴入微,极富爱心,但他从来没有像妈妈那样表露过情感。你知道,我从来没见爸爸哭过。"她说着眼神中充满了敬意。

"如果一个男人从来不哭,这并不能说明他不是一个感性的人,但能说明他是个坚强的人。"我说着把她的头搂到臂弯里,

---

[1] 2012年4月20日上映的一部印度影片,又名《精牌大丈夫》《无偿献精》《捐精者》。

"他支持我们结婚,证明他有多爱你。"

"但有时候人需要表达出自己的情感。"

"别担心,夫人,也许有一天他会为你哭的。"

哈娜有点儿情绪低落,为了让她高兴起来,我继续说:"看来我亲爱的没得到多少爱,来吧,我补偿你。"说着我把她拉到身边。

"你要干什么?"

"过来,坐我腿上。"我把她拉到大腿上。

"阿杰,我很重。"她推着我。

几秒钟后,一个身高 5.5 英尺、体重 65 公斤、一头染发眼睛漂亮的天使坐到了我的腿上,她看起来像一个胖嘟嘟可爱的婴儿。

"宝贝,你想要爱吗?来吧,老公会给你的。"

我像逗孩子一样逗着她,捏她的脸颊,咬紧牙说话。

"我的宝贝,我的……拉……呀……"我发出好笑的声音。

"爸爸,牛奶。"她故意说。牛奶?我想了想,一边把拇指放进她嘴里,一边唱起了一首大多数印度母亲都会唱给婴儿听的歌。"你是我的月亮,你是我的太阳。"

哈娜继续吮吸我的拇指。

"你有点儿胖,有点儿重……"

她忍不住大笑起来,气氛终于轻松下来。

"阿杰,夸你一句。"她微笑动情地说,"你会成为一个好父亲。"

虚构的结局:

一年后,哈娜和我有幸得到一个漂亮女婴,我们是世界上最幸福的一对。

那些相信完美结局的人,我建议不要再往下读了,对于他们而言,我的故事到此结束。

但那些想探讨我生命中最伟大一课的人一定要继续读下去,了解真正的结局和我的命运。

我们都知道,生活其实是苦涩的,但真理永存。翻到下一页,我爱你们。

哈娜的不眠之夜

要是有了孩子，一切都会发生变化：夜里不能睡安稳觉、没完没了干家务、没有自己的时间、没空卿卿我我……一切都会为生孩子付出代价。十一月的第一个星期，我肯求哈娜在要孩子之前一起去长途旅行，否则我想去外地旅行这个愿望可能会泡汤。她好不容易同意去喀拉拉邦，于是我订了十二月第一周的票。

十二天后，晚上九点左右，哈娜开始发低烧。

"阿杰，我浑身疼。"

"吃片康比弗拉姆。"我给了她一片药。

"不能吃康比弗拉姆，它药效强，如果我怀孕了，可能会有副作用。"她担心地说。

"想去看医生吗？"

"不用,也许明天就好了。我吃片藏红花素吧,比康比弗拉姆温和。"

我们躺下睡了。夜里一点,我做梦睡得正香,哈娜在身边发抖惊醒了我。

"怎么了,哈娜?"我半眯着眼睛问。

"阿杰,我不舒服,给我康比弗拉姆吧。"

"那孩子怎么办?"我笑着把药递给她。

"没心没肺的丈夫,妻子烧得发抖,你却忙着梦想在喀拉拉邦游艇上漫步。"她咽下那片药。

我笑了,把数字体温计放进她嘴里,然而读数让人很担心:"哈娜,103度,想去医院吗?"

"等明天早上吧。"

"好吧,听你的,亲爱的。身上疼,想来个轻度按摩吗?"

"躺下抱着我就行。"

我抱着她,也许体温能下降一些,因为我的体温在上升,俩人可能会平衡。

"感觉怎么样?"

"还好。每当我不舒服时,你这样抱着我,就能驱散所有疼痛。"

她的话令我很感动,为了改善气氛,我说:"我虽然感受不到疼痛,但抱你时肯定会得到一些东西。"

"你得到了什么?"

"我的荣耀翻倍了。"

"变态。"她紧紧抱住我,希望以此减轻疼痛。

"能夸你吗?"我问。

"当然,随时欢迎。"她痛苦地咕哝着。

"你现在是世界上最火辣的妻子,如果你再继续抱我一个小时,我就是最火辣的丈夫。"

她笑笑,我松了一口气。

第二天我们去看了医生,但没什么用,她的体温持续上升。二十四小时后,哈娜住进了诺伊达普拉卡什医院的一间单人病房。

"阿杰,我不想在普拉卡什医院生孩子,我要去富通或阿波罗生。"哈娜躺在观察床上说。那些日子不管做什么,她脑子里总是想到孩子。

"夫人,世上还没有医生的时候,女人也能生出孩子。"我边说边抚摸着那头染发,然后又摸了摸她的脸颊。

"阿杰,我相信怀孕的时候,你会竭尽所能地照顾我,任何人都不如你。"她笑着说。

"好好休息,少说话。"我命令道。

一位内科医生过来看她,建议做一系列检查。医生走后,哈娜担心地说:"阿杰,你没告诉他我们正计划要孩子。"

"没事,他是医生,会问的。"

"如果我怀孕了,治疗对胎儿有害怎么办?"

"好吧,别慌,从来没见过任何人像你这样不顾一切要当妈妈。"说着我径直走去找医生。

我故作镇定地说:"医生,我们打算生孩子。"没听我说完,医生在检查单上添了一项——妊娠检查。

傍晚,我接到办公室的紧急电话,打开电视亲了亲哈娜的额头就走了。

晚上七点左右,我回到病房。

我不在的时候,哈娜和她妈妈说了情况。我不知道他们为什么把所有事都看得那么严重,而且决定飞来德里。哈娜让我在机场订一辆出租车。

"怎么因为这么件小事就给爸妈打电话?他们上了年纪,不该给他们添麻烦。"

"阿杰,我没给他们打电话,他们是爸爸妈妈。别操心了,订一辆从机场到医院的出租车就行了。"

晚上十点,哈娜慈爱的父母走进普拉卡什医院的单间病房。

"别担心,她明天就会好。"我边说边摸了摸他们的脚。

"我说过很多次了,你是我的女婿,不用碰我的脚。"哈娜妈妈挪开腿说。

"阿杰,我退休了,时间很多。"哈娜爸爸耸了耸肩,"所以,让我们为孩子们花点儿时间。"

"你以为自己是阿米特巴·巴赫卡安吗？[1]"病人说。

"那是什么意思？"哈娜爸爸问，不知道这是赞美还是抱怨。

"你休息，哈娜。"我向爸爸解释，"她的意思是你现在上岁数了，需要放轻松。"

哈娜爸爸笑了。我们商量后决定，哈娜妈妈留在医院过夜，爸爸和我回家。20小时后，所有结果都出来了，她的登革热检测呈阳性——这是一个巨大安慰，医生终于做出诊断。她的体温持续上升，接着是身上疼痛、呕吐，血小板指数也随之下降，妊娠检查呈阴性。

第二天，哈娜的体温继续上升，身体和眼睛都变成了淡黄色。她经常呕吐，鼻子开始流血，无法吃东西，非常虚弱，甚至不能自己上洗手间，头也疼得厉害，且伴随着关节和肌肉疼痛。我把这一切症状都告诉了医生。

"别担心，登革热在发病的前五至七天最严重。由于肝脏受影响，她的皮肤变黄，会呕吐。我们认为她有希望在两天内开始康复。"医生安慰我们，建议给哈娜输些血小板。

我和哈娜血型相同，所以马上给她捐了血小板。在病房里，我的血注入她的血管，进一步加深了彼此的爱，但这并不是我们想要的。

---

[1] 印度电影演员、制片人、歌手、电视节目主持人。

"她会好起来的。"哈娜爸爸说。

"任何一个妻子吸了丈夫的血后都会心满意足,我觉得你也不会再渴了。早点儿好起来。"

但这个笑话并没有让她高兴起来,连我自己也笑不出。

输血小板并未成为救命稻草,她的体温继续升高,人也更加烦躁。第二天,她出现了呼吸问题。那天是周末,我决定留下来陪她,让哈娜妈妈休息。漫长的五天之后,我才有机会和哈娜单独待在一起。

"阿杰,这一切什么时候能结束?"她握着我的手说。

"不要放弃。如果你明天还没开始恢复,咱们就去更好的医院。"我亲吻她的手。烧了六天,她怒气冲冲,为了分散注意力,我有意说她最喜欢的话题。

"亲爱的,爸妈为了这么一件小事来这里,想象一下,你怀孕了他们肯定要陪着你,甚至进产房。"

她脸上又出现了酒窝,"孩子"这个词能为她带来巨大幸福。

"是的,我的孩子会有两位母亲照顾。"她骄傲地说。

"是的,两位母亲,你和你妈妈。"

"不,你妈妈也不会不管我,那就是三个妈妈。"她笑着说,"她每天都问孩子的事,我将是第一个让她当上奶奶的人。"

"我知道,现在休息一下。"我抚摸着她的头说。

"但是,潘德吉,你不是《精子捐献者》。"

我微笑着吻了吻她的前额。

一点左右，我上床睡觉，哈娜叫我扶她去洗手间，我爬起来帮她。半小时后，她又叫我。

"阿杰，过来。"

"怎么了？你还好吗？"我问。

"抱抱我，阿杰。"

我走到床前拥抱她，但她肝脏疼痛，我无法靠近。我躺到她的床上，半小时后，她又叫醒我，说："阿杰，让我到窗户那儿去，我透不过气了。"

我很恼火，连一个小时觉都没睡上，可立刻想到了这么多天来她是如何忍受痛苦的，我怎么能在陪护的第一个晚上就沮丧呢？我往脸上泼了把水，问道："哈娜，你不舒服吗？想出去吗？"

"可以吗？"她气喘吁吁。

走出病房，几乎看不到一个医护，只有急诊人员在值班。我找到一把轮椅推进房间，帮哈娜坐了上去。一个工作人员走过来，我恳求道："她没事，明天要出院了，就是睡不着。"他点点头走了。

"你还好吗，潘迪太太？"

"还行。世界这么美，上个星期我却被关在房间里，太郁闷了。"

"哈娜，《无畏警官2》[1]下个月上映，有一首歌专门为你

---

[1] 印度动作影片，又名《爆列刑警2》。

定制。"

"什么歌?"她问道。

我调低音量,在手机上播放。

"骗子,你的眼睛欺骗了你……"

忧郁、痛苦和压力已经持续了整整五天,然而在这五分钟里,我唤回了美丽的妻子。几分钟后,她又感觉肝脏开始疼了,我们只好回到病房。她睡着了,我无法表达内心有多满足,就连我那不眠的眼睛也平静下来。看到心爱的人安然入睡真高兴,她终于在经历多个不眠之夜后睡了个整觉。

为丈夫而战

哈娜的情况恶化，出现严重腹痛、持续性呕吐，皮肤上也出现红斑，体温仍徘徊在 103 或 104 度。她的身体和眼睛都变成了淡黄色，呕吐更频繁，流鼻血，极度虚弱，腿也肿了。经过六天治疗，她仍然没有恢复的迹象，几乎每呼吸一下都会气喘。

我们很担心，因为医生说她应该在六天后开始康复，但病情每一个小时都在恶化。

第二天傍晚，我们找到医院管理部门，要求请专家诊治或转到更好的治疗中心。一位资深医生建议将哈娜转移到 ICU 做进一步观察和护理。

我们明确询问是否应该找其他治疗中心，是否一切都在掌控之中。医生的反应让我们安下心来，因为他们建议做一套新检查，于是我们决定再等一天。

ICU 不允许留人陪护，这让我很难受，我们在的话至少可以鼓励哈娜。往 ICU 走时，我对哈娜说："我们就在外面，你只是在里面接受观察。如果明天还没有康复迹象，我们就去别的医院。"

第二天早上，她嘴里开始流血，鼻子堵住了，只好用嘴呼吸，因此一直口渴，每隔十分钟就要一次水。我不断往她嘴里滴水，哈娜妈妈喂东西时，她像只小鸟。这情形使我发疯，再也无法控制情绪，我决定转院让她接受更好的治疗。医生大约十点钟来到 ICU 查房，我拦住想问问情况，这时医生主动问我："你是哈娜的家属吗？"

"是的。"我点了点头。

"我一会儿叫你，需要和你谈谈。"医生担心地说。

几分钟后，医生把我们叫到一个房间，哈娜爸爸和我一起进去。推门的那一刻，看到一组四名医生等在那里，我更加害怕，被医生们盯得心跳加速。

"尽管采取了各种措施，病人的情况还是不好。相反，血小板计数进一步减少，仍然发烧，肝功能也没有改善。"一位医生解释说。

"症状和以前一样。医生，这些我们都知道。"我打断了他的话。

"患者感染了败血症，这会导致所有器官突然衰竭。我们开始启用新的抗生素。"

"我们那么早就送她入院，怎么可能感染呢？"我又打断医生的话。

"这是登革热的后遗症，登革热有不同类型，会降低免疫力，某些情况下，患者因此受到感染。"

"医生，什么是败血症？"哈娜爸爸问。

"败血症的根本原因是身体其他部位受细菌感染。尿路感染、肺部感染和腹部感染都是败血症的潜在原因，这些感染的细菌进入血液并繁殖，立即导致病症出现。"

"她有危险吗？"我吓坏了，打断他的话问。

"严重脓毒症（严格来说不是脓毒症，但一般它和败血症相同）或脓毒症休克患者的死亡率大约为 50% 至 70%，老年人的死亡率最高。"

我一时不能完全明白他的意思。

"请告诉我，她有危险吗？"我头昏眼花，又问了一遍。

"感染首先侵袭了她的肝脏，接着还会继续侵袭其他器官。严重情况下，一个或多个器官衰竭。最坏的情况是血压下降，心脏变弱，病人逐渐脓毒性休克。一旦发生这种情况，多个器官——肺、肾、肝——可能很快衰竭。接下来的十二个小时，情况会进一步恶化。

"脓毒症致命的速度通常由特定病菌和机体对该病菌的免疫反应决定。虽然不是所有脓毒症都由细菌引起，但这里我用这个例子来说明。当身体发现并要对细菌做出反应时,二者会发生复杂的化学反应,导致免疫系统失控——有毒化学物质会释放出来,导致组织损伤和器官衰竭。一旦这个过程开始,情况很难扭转。"

他继续解释病情,使用了一个没人愿意用来形容所爱之人的词:"是的,她的情况很危急。"

"危急"这个词像一记耳光打在我的脸上,浑身起鸡皮疙瘩。我的大脑一片空白,听不进去他的解释。

"你们有什么建议?"哈娜爸爸问。

"如果你们负担得起,应该去更好的医院接受进一步治疗。"医生说。

"附近最好的医院是哪家?"我问。

"诺伊达的富通。"

"医生,我每天都在询问,为什么两天前不建议转院?"

他试图解释:"是这样,孩子……"

但我走开了去看哈娜,她四周是绿色的帘幕,哈娜妈妈正在那儿,俩人聊着天。我在帘子外面等,听她们说话。

"妈妈,亲我一下,我现在不抱希望了。"

"宝贝儿,我给你两个吻。"哈娜妈妈说。听到这些,我落下泪来,但不能让她看见。

我泪流满面地走进洗手间,祈求神:"请救救我的妻子吧。神啊,请救救她。无论我犯了什么错,都来惩罚我,但请救救我的妻子……"我不住地祈祷。

半小时后,富通的救护车停在了普拉卡什医院外。"爸爸妈妈,你们和哈娜一起上救护车,我开车去。"我指挥他们。

我们对哈娜隐瞒了实际情况,告诉她要转去好一些的医院诊治,很快就会康复。

哈娜被担架抬出来送进救护车,我也跟了上去。哈娜的喉咙哽住,上气不接下气,满嘴是血。实在无法想象生活中会出现这样的场景,我情绪激动地走到哈娜身边,牵起她的手亲吻她的额头,已不介意爸妈就在跟前。我在她耳边低声说:"为我而战,哈娜,为你的丈夫坚持下去。"

"为我亲爱的丈夫坚持下去。"

我们很快奔向富通医院。救护车每行驶一英里,我感觉哈娜也正在离我而去。

你是最好的妻子

危急之时才能见证真爱,我从未想过自己会这么深爱一个人。哈娜被送入急诊室作初步观察,我继续握着她的手——现在没什么可顾忌的,我只关心我的妻子。她张着嘴呼吸,总是口渴,仍然每隔十分钟就要一次水。护士走过来说:"我们要把病人转到内科 ICU,她需要吸氧。"

富通 ICU 只允许一位家属陪护,我陪哈娜进去,哈娜爸妈在外面等候。ICU 面积很大,约有 50 张病床,每张床都连着一个监示器,发出嘀嗒的声音,床边还装了三个屏幕,超级大床在监视器的衬托下看起来像一只可怕的三眼怪物。

我握着她的手喂水,泪水滴落下来,尽量不让哈娜看见,可却隐藏不住。

我同情地抚摸着她的头和脸颊:"你不会有事的,哈娜,别担心。"

突然，一位护士命令道："不能光着手摸病人，她会被感染。"

护士给了我手套和塑料围裙。我一只手戴着手套，另一只手继续抚摸哈娜，就这样一直在那里站了两个小时。因为是换班时间，没人撵我出去。

"阿杰，你会腿疼的，走吧，我没事儿。"哈娜气喘吁吁地说。这就是我的哈娜，不管自己遭受多少痛苦，像她这样的女人总是为别人着想。

"你只管休息，别说话，我很好。"

十五分钟后，一个护士走过来："先生，我们要开始治疗了，请离开。"

"但我得向医生说明病人的状况，病人不能说话。"

"医生来了我们叫你，你现在最好离开。"我在护士面前吻了吻哈娜，现在我生命中没什么比这更重要了，"你在这儿战斗，我在外面战斗。记住哈娜，你不只是为我而战，也为我们的孩子而战。"

她笑了一下。

医生很快就来给她做检查，我接到病房电话后走了进去。医生详细询问情况后说："病人得了败血症，多项功能紊乱，每个器官开始衰竭，她的肝脏几乎已经完全衰竭。我们不能向你保证什么，但我们会尽力。患者需要输血小板，你必须立即安排捐献者。"

血小板是血液中帮助血液凝结的部分，比红细胞或白细胞都小。

我在医生面前双手合十，只勉强说了一句："请救救我的妻子。"

"别这样，孩子……很多病人在这个阶段康复，我们能做的就是等待奇迹。"

我含泪走出房间。

当晚，哈娜 CSC 的朋友萨钦和阿希什给了我一张十人名单。

"阿杰，这是捐赠者名单和电话，他们愿意捐献血小板。"

我看着名单不知道怎么回事，他们却说："阿杰，需要血小板时打个电话就行了，我们马上派人过去，你不用带着这张纸。"

我所经历的一切一定是明显地写在脸上了，他们的善举深深感动了我，但我只说了句："谢谢你们，伙计。"

第二天早上，因为每次只允许一人探视，我又自己走进去看望我的爱人。她身体肿得更厉害了，没有任何好转迹象，大口大口地喘着气。我的眼泪沿脸颊流下来，握着她的手，什么也没说。

"你很快会好的，就是几天的事。"我尽力安慰她，但眼睛出卖了我。

"你的手机呢?"她喘着气说。

"要手机干什么?"

她坚持要手机,敲了条信息给我:"你在这儿让我难过。"

我盯着她,她故意把脸转了过去。我什么也没说,只好离开,暗骂自己:"你这个白痴,控制不住眼泪。"我出来后,哈娜的爸妈进去看她。

他们出来后,哈娜爸爸叫住我:"阿杰,别在她面前哭,哈娜问我们你为什么哭。"

为了鼓励哈娜,我们已请求医生不要向她透露任何信息,所以她不知道败血症的危险。但我感觉她已经察觉真相了,因为她才是正在经历这一切的那个人。

"对不起,爸爸。"

离探视时间结束还有几分钟,我又走进去看她。

我走到哈娜床前,握着她的手说:"对不起,我不该在你面前哭。"她却仍脸朝另一个方向凝视。

"哈娜,我和天堂假日公司谈过,他们打算免费把我们的旅行日期改到一月份,但我取消了行程,我决定和你还有我们的孩子一起去威尼斯。"

她还是朝另一个方向看,呼吸急促,满嘴是血,我的喉咙又开始发紧。

"你知道的,婴儿三岁前旅行免费。"尽管眼含泪水,但我还是笑了,当然是假笑,眼睛出卖了我。

她让我走近点儿，说："我没事，阿杰。"

我泪流满面，吻了吻她的额头后离开了。我继续祈求神："请救救我的妻子……请救救我的妻子……"

当天晚上，我接到 ICU 的电话。

"你是哈娜·普拉丹的家属吗？"

"是的。"我说。

"到 ICU 来一下，医生要和你谈谈。"

"爸爸，医生叫我。"我告诉哈娜爸爸，"你也一起来吧。"

"好，医生叫我们过去，恐怕不是好征兆。"

我心跳加速，情绪激动，爱、愤怒、希望、恐惧交织在一起，被此刻的紧张情绪所激化。两分钟后，我们站在了 ICU 门口，哈娜就在绿色帘子后面。我猜测着，是不是糟糕的事情已经发生了，他们来通知我们？

ICU 医生走了过来。

"谁是阿杰？"

"我是。"我说。他递给我一份文件，让我签字。我满腹狐疑地签了字，没问太多问题。

"这是什么意思？"哈娜爸爸问。

"你是她公公吗？"医生问。

"不，是她爸爸。"

我知道医生要告诉我们坏消息了。

"你们要坚强冷静。我想通知你们,哈娜的情况正在进一步恶化,我们打算给她上呼吸机。"

我全身发麻。这些冰冷的字眼将我刺穿,血液仿佛凝固了。哈娜爸爸问:"呼吸机,意思是说快不行了?"

"不,只是因为不能正常呼吸才用呼吸机,她的肾脏和心脏都有危险。"

"恢复的机会有多大?"我直截了当地问。

"说实话,机会很小。这个文件让你们签字,表示家属同意使用呼吸机。一旦哈娜的情况好转,我们就撤下机器,但她的状况越来越糟。呼吸机不是问题,真正的麻烦是感染。"

他继续解释,但我已经听不到他说什么了,脑子里全是哈娜——他说的话确实传进我耳朵里,但大脑处理不了。

"现在还没有给她用呼吸机吗?"我问。

"还没有。"医生说。

"我能看看她吗?"

"正是为这事请你过来。只有当她开始恢复或者有好转的迹象,才能撤下呼吸机。为避免呼吸机造成伤害,我们会实施麻醉,让她进入无意识状态。"

"如果没有好转的迹象怎么办?"我问。

"那就很遗憾了……"医生叹了口气,"这可能是你最后一次和她说话。"

我看着哈娜爸爸,我们都明白了。

"爸爸，你想看她吗？"

"不，你去吧。我没事。"他说。我明白，世上没人愿意眼睁睁看着自己的女儿死去。

我无法控制自己，虽然非常想见她，但该说些什么呢？这可能是最后一次和她说话。我应该拥抱她，抚摸她，但这样她可能会察觉到异样彻底崩溃。我当然有话想说，但不想骗她说很快就会好起来，怀着沉重的心情，进退两难地走了进去。

我在心里想着该对爱人说些什么，泪水不断地从眼中滑落，觉得哈娜正从身边溜走，心跳也在加速，嘴唇发干，就要绷不住了。

我走到绿帘子后面。世上最美丽的女人正窒息地躺在那里，闭眼张嘴喘着粗气，唇角四周血迹斑斑。这是我一生中最恐惧的时刻，看着她那副挣扎呼吸的模样，简直令人抓狂！多么希望能把自己的呼吸和一部分生命匀给她，可什么都做不了，前所未有的无力感袭上心头。

我先吻她的手，然后吻那带酒窝的美丽双颊，抚摸她的眼睛和嘴。她睁开眼睛看着我，我吻了吻她的前额，竭力控制情绪："我爱你，哈娜。你是最好的妻子。"

她咕哝着什么，我把耳朵凑上去。她拼尽全力，断断续续地低声说："我也爱你，阿杰。你是最好的丈夫。"

这句话让我泪如泉涌。我又吻了吻她的额头后立即离开，走到外面抱住哈娜爸爸像个孩子似的哭起来，大脑停止了工作，只是不停地抽泣。我不知道哈娜爸爸是如何保持冷静的，但这天发生了一件不太可能的事——哈娜爸爸第一次当着我的面哭了："我亲爱的女儿！哦，神啊，为什么是我的女儿，神……为什么是我，神啊？"

我在心里对哈娜说："哈娜，看，今天你改变了爸爸。他哭了，为你而哭。你错了，他不是硬汉，他是最慈爱的父亲。知道你的名字为什么叫哈娜吗？哈娜的意思是'感情'，这就是爸爸给你起这个名字的原因。"

美丽世界

"神啊,我的妻子不该承受这些,请救救她,别让她遭受那么多痛苦。请帮帮我,神,我会把一生献给别人,但请救救她。神,如果你救了她,你会发现我改变了;但如果你继续让我的妻子受苦,我保证有生之年再也不会尊重你。"我来到诺伊达61区的寺庙祈祷。

那天,我像哈娜一样沉默,只和神说话。我虽然活着,但感觉灵魂却在呼吸机上。第二天早上,老爸打电话问哈娜和我的情况,有生以来我第一次说:"爸爸,我想你。"

我麻木了,老爸却从我的话里体会到痛苦,他被吓到了,承诺很快就来看我们。波亚·迪也在来德里的路上,几乎所有爱我们的人都赶来德里。

傍晚，我接到一个陌生电话："你是哈娜·普拉丹的家属吗？"这个问题一直困扰着我，是否应该把它放入自动答录机呢？

"我是。"我说。

"请来财务部。"

我到了那里。

"先生，病人的住院费用已经超出了医保限额，9万的医疗保险额度在第一天就用完了。"他说。

"不会吧，我的医疗限额要高一些。"我说。

"也许其余的钱在普拉卡什医院花完了。"他猜测说。

"现在账单是多少钱？"

"大约40万。"他回答。

"40万？你是说每天10万卢比？"我震惊地问。

"先生，病人情况十分危急，需要上呼吸机，你得马上交钱。"

"如果第一天限额就用完了，为什么过了四天才通知我？现在已经是傍晚了，明天是星期五，只有一天时间筹钱，星期六和星期天有一半的金融机构不上班，甚至连我的办公室也休息。"

"先生，我们知道通知有所延误，但您的账户现在处于升级区。"

"什么意思？"

"先生，您必须存点儿钱，否则……"

"你们敢停止治疗！我明天存入10万，其余下星期一存入。"我愤怒地说。

现在，一切试图站在哈娜和我之间的人和事都是我最大的敌人，我们有两场战役要打：一场是哈娜在ICU为自己的生命而战，另一场是我为寻找资金和血小板捐助者而战。

我不用操心寻找血小板捐赠者，因为哈娜在CSC的朋友尤其是萨钦和阿希什已经在负责此事，一打电话，他们立刻就派人过来。我心跳加速不是因为需要钱，事实上我清楚自己没有那么多钱，一天之内弄到10万卢比几乎不可能。我很冷静，因为我觉得已经历过最糟糕的状况了。第二天，我打电话给一个和我一起在HCL工作名叫桑杰的朋友。

"哈娜情况如何？"他马上问。

"仍在坚持，还没有好转。桑杰，我现在急需用钱。"

"我已经和老板亚伊帕商量过，他说需要帮助的话，立刻给他打电话。"桑杰叹了口气，"但今天是星期五，星期一之前别指望弄到钱。"

"别担心，你做能做的就行了，我不会让钱成为我和妻子的障碍。"

"你能给他写封电子邮件吗？"

"好的。"

我径直走向富通医院停车场，到车里把笔记本电脑拿回来，开始打字。

亲爱的先生：

我的妻子哈娜身患败血症，自2012年11月21日起在普拉卡什医院住院，现已转至诺伊达富通医院

ICU 接受治疗。

血液感染由登革热引发，身体所有器官严重受损。另外，由于肺部和肝脏的问题，她已经连续三天使用呼吸机。据医生所说，情况危急，我们需要您的支持和祈祷。

富通医院一直在提供最好的服务，药品和其他费用的花销大约每天 10 万卢比。

我们期望您能从人道主义和社会责任角度出发，为她提供经济援助。在这个关键时刻，慷慨的回应如同神的祝福。

期待您的帮助和祈祷。

阿杰·潘迪

写完邮件，我打算打电话给住宅开发金融银行[1]申请个人贷款，其间哈娜爸爸来找我，我解释了目前的状况。

"阿杰，昨天我接到哈娜老板瑞玛的电话，她也让我在需要的时候找她帮忙。"哈娜爸爸到德里后一直在使用哈娜的手机。

哈娜爸爸给瑞玛打了电话，她让写封电子邮件，并向我们保证会尽力帮忙。于是我又发了一份同样内容的邮件给瑞玛。

---

[1] 印度第四大私营银行，最大的放贷银行。

星期五晚上，医生打电话告诉我哈娜的最新情况。哈娜爸爸和我一起去见医生，他继续喷出有毒消息："情况不好，但也没有进一步恶化，仍然很危急。"

他继续解释血小板计数和心跳读数，但我的大脑已经处理不了任何信息。

"她康复的机会有多大？"我又直截了当地问道。

"几乎没有病人能在这个阶段康复，但不要问有没有机会，对病人来说，要么是百分之百，要么是零。"医生说。

"假如进一步恶化，我们还有几天时间？"哈娜爸爸问。

"对此我没有答案。"医生回答。

"假如她从现在起开始好转呢？"我问。

"这样的话，"医生叹了口气，"她还要在这儿住上三十天。"

我在脑子里算了算，三十天就是三百万！

肯定要筹很多钱，哈娜爸爸和我开始讨论这件事。

"爸爸，你也得有点儿准备。"

"我已经安排好了，星期二到账，但多少才够呢？"

"尽可能多吧。爸爸，我要战斗到她的最后一口气。"我眼睛湿了，我不会放弃。

"放松，孩子，我明白。"他慈爱地拍拍我的肩膀。

"明天，我爸妈、姐姐和莫努也会来，你得安排一下探视的事。还有，告诉莫努办理血库手续，明天会有两位捐赠者来献血小板。"

"你要去哪儿？"他好奇地问。

"去尼赫鲁广场，我在那儿申请了保险箱存放哈娜的金银首饰……"我说不出话来，喉咙又开始发紧。

"你打算申请黄金贷款吗？"

"是的，爸爸。如果卖掉我的任何东西能换来哈娜康复的一丝希望，我都不会觉得难堪。"

"完全同意。那些金子值多少钱？"

"至少三十万。"

"能再挺三天。"他说。

我刚到银行，就接到了哈什的电话。

"阿杰，你在哪儿？"

"老兄，我在银行取黄金。"我回答。

"打算卖掉黄金换钱？"他震惊地问。

"或者卖掉，或者抵押。"

"哈娜怎么样了？我在医院，想看看她。"

"我把弟弟莫努的电话发给你，他会带你去，我过会儿再跟你说。"

收拾好所有黄金，我往英迪拉普兰的幕户金融公司赶，刚走到一半，哈什又打来电话。

"阿杰，你在哪儿？"哈什问。

"我在去英迪拉普兰的路上。"

"我要见你，很急。"他坚持说。

"好吧，嗯……我们可以在海蒂斯前见面，我正好路过那儿。"

"到了给我打电话，我在那儿等你。"

三十分钟后，我把车停在海蒂斯办公室对面，哈什走了过来。

"阿杰！为什么不告诉我？"他生气地问。

"老兄，昨天是你的婚礼，怎能告诉你这事？"

"嫂子遇到麻烦，你还说这些没用的话。"他大喊着抱住我，拥抱的时候，他把一样东西放到我手里，"什么都不用说，也不用还。"

我被他的举动吓了一跳，摊开手，他的金链子在掌心闪闪发光。泪水从眼中滚落下来，我又一把抱住了他。

他说："浑蛋，别人会以为咱俩是同性恋。"我说不出话来，抱着他不放，他又说，"去吧，阿杰，去……"他泪流满面，仿佛一个英雄。

我笑着说："你在婚礼上一定收入不少。"

我没说谢谢就走了，因为这与他的好意相比毫无意义，他是真正的朋友。我发短信给他："总有一天我会有所回报，我爱你。"

希望这能更好地表达出我想说的话："谢谢你，哈什·托马尔，世界因为有你这样的朋友而美好。"

第四章
生活的真相

世界真的很美好!

病人情况不好。医生仍然老生常谈。每次去 ICU，看到插进哈娜嘴里的那些管子我就要崩溃，而她身上那些机器更让人发疯。我常常抚摸亲吻她的手掌。

相对而言，她靠呼吸机维持时我没那么痛苦，至少她很平静，不必每次喘气都挣扎，这些情形不再多做描述。现在所有亲戚包括我爸妈、波亚·迪，所有人都来了。我的身体稍微恢复了些，但精神上的打击却刺激着神经，好想知道如何应对这些似乎只会在电影里上演的情节。无助和绝望袭来，真希望有一个幸福的结局，就像那些电影似的，最终一切都会解决。

有时，我像商人一样努力地与神谈判，讨价还价，有时又像乞丐一样祈求恩赐。每天都有更多亲戚和祝福者前来并用各自的方式祈祷。

一位亲戚带来了取自希尔地的吉祥灰。我以前从不相信这种事,但现在任何能把哈娜唤回的东西我都信。我把吉祥灰抹到她头上。无论表面上做什么,我内心深处都在祈求神来拯救妻子。

星期六下午,我还活着,但体内有东西已经死了。

一个漂亮的五岁小孩走过来。

"姨父。"南胡叫我,我抱起他亲了亲脸颊。

"姨父,阿姨呢?"他问。

"阿姨不舒服,在睡觉。"我回答,南胡的眼睛里透着困惑。

"你给她带什么了?哆啦A梦、少年骇客还是愤怒的小鸟?"我费了好大的劲儿问。

"曼妥思糖果。"说着他递给我一个小盒子,我默默地看着。

"我想把这个给阿姨。"

"南胡,阿姨在睡觉。"我吸鼻子,说不出话来。

"南胡,过来。"波亚·迪喊道。

南胡朝她走去,又折回来对我说:"姨父,曼妥思你留着吧。"

晚上,医生打来电话,我头痛欲裂,让哈娜爸爸去见医生。我再也不想听那些话,几乎每个小时都哭一次,常常坐在一旁回想以前的点点滴滴,总觉得她想说些什么。巨大的压力之下,我的耳边持续响起哈娜的声音,脑袋开始出问题了。哈娜爸爸回来后解释显示血小板计数和血压的报告,可我根本没听进去。

"有好转迹象吗?"我问,"还有希望吗?"

"情况越来越糟,现在已经控制不住了。"他说。

我闭上眼睛,开始想哈娜并在心里和她对话。

老爸来了,商量着去更好的医院,有人建议去梅占塔医院,有人建议去全印度医学研究院(All India Institute of Medical Science,简称AIIMS)。他想和我也讨论一下,但遭到拒绝,因为我已经失去了说话和思考的能力。

两位父亲开始商量接下来怎么办,现在老爸正在想办法把哈娜转到AIIMS,可要去那儿住院,尤其对于一个状况如此危急的病人来说,几乎是希望渺茫。

第二天,老爸找到时任外交部长萨尔曼·库尔希德的一个关系,但无法联系上本人。部长秘书给了我们一封信,要求AIIMS接收哈娜,但医院管理人员早已习惯接到类似信件,由于ICU没有床位,他们拒绝接收哈娜。老爸没有放弃,通过总理办公室与AIIMS最高管理层取得了联系,这并非他足智多谋,而是那些人想帮助我们。几经周折,终于在该院重症监护室找到一张床位。

周一早上,我接到上司贾帕尔·辛格的电话。

"阿杰,你妻子怎么样了?"

"不太好,我们打算把她转到AIIMS。"

"这是个不错的选择。我跟人力资源部打过招呼,他们很快会找你。告诉他们你需要多少钱,不用担心怎么偿还,你现在只需关注妻子的康复。"

"谢谢你,先生。"

"别客气。如果不能很快拿到钱,就给我打电话。愿一切都好,我们支持你。"

我从心底感谢他,喃喃道:"你是真正的老板。"

哈娜的老板瑞玛也到医院看望了哈娜,并向我们保证会提供经济支援。老爸打来电话叫我办转院,在把这件不可能的事变成现实之后,大家都满怀希望。我在心里恳求:"哈娜,世界这么美,人们这么善良,快回来。快回来,亲爱的,我不能没有你。"

生活最大的真相

来到 AIIMS,我第一次意识到为什么私立医院能成功,也了解到印度最好的政府医疗中心的情况。但对我来说,它不只是一座医院,也是我唯一的希望。我半死不活地到了那里,一位初级医生过来询问病史细节,这是我三天以来第一次开口说话,声音听起来像预先录好的磁带。

"你和病人是什么关系?"他问。我又一次预感他要说出我不想听的痛苦事实。

"这对你来说重要吗?"我沮丧地问。

"在我职业生涯的十年中,ICU 从未接收过情况如此危急的病人,我只是好奇你是怎么把她弄到这儿来的。"

"这事你可以问我父亲。"

"不,不需要。"

"医生，病人存活的机会有多大？"我抱着一线希望询问，但他仍说出相同的话。

"很渺茫。"他说。

我在心里喊："去死，那要你在这儿有什么用？"

出了医院，老爸走过来，久久凝视着我那副半死不活的样子——眼睛向外鼓，身体几乎无法直立。他建议我回去休息，并提出当晚由他留在医院。

2012年12月4日

一大早，哈娜爸爸和我开着桑特罗奔向AIIMS，哈娜爸爸满怀希望。

"这是一个信号，阿杰，她要康复了。"

"什么信号，爸爸？"我边开车边问。

"在AIIMS重症监护室弄到床位，这种情况……是一个奇迹。"他说。

我没吭声，但贫血状态下的红细胞计数肯定有所增加——急需听到这样的话，真假不重要。

到了医院，我给老爸打电话让他下楼把车开走，告诉他我要在这儿待到天黑："爸爸，下楼，我在紧急出口附近等着。"

"把车停到贵宾停车场，然后来ICU。"老爸严肃地说。

"老爸……发生了什么事？"我被吓得浑身僵硬。

"过来，孩子。索努，记住，你是我勇敢的儿子。"

我什么也没说，挂断电话，从仪表盘中央拿起格涅沙[1]的神像扔到车外，失控地哭起来。我觉得自己失去了一切，喊道："从今天起，我再也不相信神了。我这辈子再也不会尊重你，我恨你。"

我对神大喊大叫，那天所用词汇以前从未用到过别人身上。我喘不上气，喝了半瓶水后心情沉重地走到六楼。

ICU大厅外没有椅子，我没心情去看地上是否干净就直接坐下了。我把头倚着墙，闭上眼睛，等着那句生平没人希望听到的清晰而残酷的话。老爸在电话中跟对方说："哈娜已经离开我们了。"

眼泪顺着脸颊流下来，我不想听到这些，然而这就是生活的真相。我这一生开始在眼前浮现：想尽办法结婚，当时我是多么坚定啊！我们一起许下的誓言，那些关于友谊、恋爱、为结婚做斗争的快乐时刻——所有情感像一部超快的电影在脑海中闪过。

脑海里此时没有其他内容，我握紧拳头，咬紧牙关，在精神上与神抗争。神，如果我明天就死去，你要把我送入地狱，如果不小心上了天堂……如果有机会面对你，请相信，我会因你对我的不公而进行报复。今天，不仅我的妻子死了，你也死

---

[1] 印度广为人知备受崇敬的神明，是智慧与才华之神，因其长着大象脑袋，也叫象神。

了，现在对我来说已经没有神了。

我又感到窒息，走到阳台靠在墙上，眼睛盯着地面，一连串危险问题涌现出来：如果我从这里跳下去，需要多久才能被宣告死亡？这些医生会救我吗？刚死后会怎样？死后还有生命吗？哈娜在这里看着我吗？如果看着，我应该跳下去，这样我们就可以在一起了……两个完全相爱的灵魂。

我不知道怎么想起了哈娜的话，维巴夫的女友自杀时她说过："阿杰，答应我，不管生活多艰难，永远不要自杀。"

"我为什么要自杀？我有一个像你这样美丽的人和我共度余生。"

"不管我是否在你身边，如果你对生活失去兴趣，那就为别人而活。"

泪水仍在脸上流淌。以前从未投降过，但那天我屈服了。我对我的哈娜说话，对已经离开我的那部分心说话，内心满怀痛楚。

"为谁，哈娜？我该为谁而活？你是我的一切。"我哭着说，"我投降，哈娜。我投降……"

我感到肩膀上有一双大手，转过身，哈娜通过老爸回答了这个问题。我抱着老爸，像个孩子似的抽泣。几分钟前，我还是个丈夫，但现在我意识到自己也是个儿子。

"别担心,爸爸,我不会自杀。"

"我知道,你不是懦夫。"

"爸爸,什么时候的事?"

"早上七点。她的心跳停止了……"老爸停顿一下,"你想看看她的尸体吗?"

"不。不要叫尸体。"

我拒绝那样想哈娜:"爸爸,我不想用'死'来称呼我的妻子,她将永远活在我心里。"

"她永远留在我们心中,是我们生活中最美好的篇章。"

"九年半的友谊和爱情不能称之为'篇章'。"我又对神说,"神,你试图删除我生命中最美好的一章,我要写一本书,让哈娜在那些纸页上永垂不朽。"

她伤人的模样

中午时分,洛迪火葬场入口处高高耸立着一尊蓝色湿婆神大雕像,火化中心的墙上写着类似"人生永恒的真理就是死亡"的标语。我以前从未来过火葬场,这里并不似想象中那般安静,附近的车声打破了沉寂。我坐在场地中央,一点儿也不舒服,对所有人视而不见,许多熟悉的面孔盯着我,可我脑子一片空白,注意不到任何人。

哈娜独自躺在救护车里,身上裹着一张白棉布。我想起上次跟哈什和维施鲁参加聚会把她一人留在家里后来与我抗争的事。"你怎么能一个人睡呢,哈娜,你怎么能呢?"我咕哝着。

有人抱着一个婴儿站在那里,这场面勾起了我的回忆。

结婚两周年纪念日的前夜,我俩疯闹玩扮婴儿,第二天早上我正迷糊着，嘈杂的音乐彻底搅了美梦。在此之前，我已接到多个"骚扰电话"：双方父母打来祝福电话，另外还有四个人也打了电话。每个人说的内容都一样，一是祝贺结婚周年快乐，二是让我们多生孩子。

我极不情愿地下床走至喧闹源头，看到一个头发美丽的曼妙身影正在摆弄厨具，我走过去抱住她。

"早上好，夫人，再次祝您结婚周年快乐。"我打了个哈欠，她转过身来拖着我一起跳舞。

我问："亲爱的，你怀孕后打算怎么跳舞？"

"宝宝会和我一起跳。"她咯咯地笑着说。

"女士，您的宝宝不仅会跳舞，还会游泳呢，因为您已经长出轮胎一般的肚子。"

"不是我的孩子，是我们的孩子。是啊，他会游泳和划水，嗖！"她吹着口哨。

突然电话响了，哈娜低声说："是波亚·迪。"

五分钟的"谢谢"叽叽喳喳和笑声之后，哈娜把电话给了我。

"祝你结婚周年快乐，阿杰。"波亚·迪说。

"谢谢姐姐。"

"现在南胡想要一个弟弟或妹妹一起玩。"她说。

我默默地呻吟着，结婚后，全世界唯一要说的话就是:"你们什么时候要孩子?"

接完电话,我躺在床上开始琢磨一个婴儿会把我们的生活变成什么样。孩子出生后,没有假期,没有蜜月,只有责任。整个房间充斥着尿臊味,晚上睡不了整觉,片刻不得安宁。什么都没有。

"阿杰,你陷入麻烦了,我的朋友。"我嘟囔着。

这时,哈娜端着茶走了进来。为了把这些可怕的想法从大脑中赶出去,我集中注意力看电视,屏幕上闪出一条广告:"约翰逊婴儿包,全面婴儿护理专家。"

看完广告,我盯着哈娜美丽的眼睛,她注意到我一脸茫然的表情,笑着问:"怎么了,潘德吉?"

"没什么……我只是在想,孩子会给我们的生活带来什么改变。有了孩子就不能到处闲逛,不能通宵派对,没有周末娱乐,也不会去电影院看电影了。"

"完全正确,潘德吉。正是孩子让我们意识到这一切。"她微笑着说,"我们的父母是如何在他们生命中的每一刻牺牲掉他们的幸福……"

我被她的话感动了,但又想到了事情的另一面:"哈娜,我可以严肃地问你一个问题吗?你愿意说真心话吗?"

"说吧。"她担心地皱了皱眉。

"明天,当成为母亲,你会爱孩子多过爱我吗?"

"我很爱你。你不希望我和任何人分享你的爱,这点让我感觉很奇怪。"

"能回答我的问题吗?"

她想了一会儿,问道:"告诉我,今天……你更爱谁,我还是你妈妈?"

"我对你们的爱一样多。"我小心翼翼地说,避免任何情绪化戏剧。

"这个答案不公平,我以为你会爱我更多。"她失望地说,"如果五年前我问这个问题,你会怎么回答?"

"当然是我妈妈排第一。"我很快作答。

"这就对了,阿杰。即使今天有人问我更爱谁,是我妈妈还是你,我的答案是你,但五年前答案不同。所以,随着时间的推移,偏好会改变。享受现在,享受明天。"

她的解释令我哑口无言。这时,一个甜美的声音打断了即将陷入的沉思:"潘德吉,当我们有一个长着我的眼睛和你聪明脑子的孩子时,你是不会嫉妒的。孩子的脸有的地方像我,有的地方像你。当你怀里抱着普拉丹和潘迪的混合体时,当他对你微笑,在那个特别的时刻,你会忘记一切,也许你会开始爱这个孩子胜过爱我。"

我沉默地笑了。过了一会儿,她走近说:"阿杰,总有一天我会排在第一位,那时你会说,我最爱你。"

"我会爱上那一天。"我笑了。

我的思绪被火葬中心的木柴声和火焰打断了,一具人体正在变成烟雾。

起初,我以为自己不会去看她,但火葬场的烟雾让我产生了强烈不安。我走进救护车,锁上了门。老爸打开门想和我坐在一起,我恳求他:"老爸,别管我。"他只好什么也没说走开了。

现在,我和我亲爱的坐在封闭的救护车里。我掀开白床单,把手放在她赤裸的身体上,说:"哈娜,夸你一句,亲爱的,你不是世界上最性感的妻子,现在你是世界上最冷酷的妻子。"我号啕大哭起来。

我想看看她的脸,掀起白布——这是我这辈子见过最糟糕的事情,从没想过一张漂亮的脸怎么会变得如此糟糕。我立刻把布拉下来,这一生开始在我眼前浮现。我对着冰冷的妻子喊:"醒醒,哈娜。我只想说,我爱你胜过爱妈妈,你排第一位……但我不喜欢这一天。"

我泪如泉涌,放声大哭,不断重复那个问题:"哈娜,我有麻烦时你怎么能离开我呢?哈娜,快回来!"

我把脸埋在她肚子上大喊:"我的孩子在哪里?"我在救护

车里哭个不停，但所有问题、抱怨和请求都无人回应，那些无人回答的问题触碰到躺在救护车里的冰冷妻子后反弹回来，然后在我耳边回响。我抚摸她的脸颊、眼睛、头发，亲吻她的额头，说："对不起，我没有给你做母亲的机会。"

我的脑海中听到了一句尖锐的批评："推迟要孩子，就是不要孩子。"

一个小时的仪式结束后，一个了不起的人，一个美丽的女人，一个最好的朋友，一个孝顺的儿媳，一个体贴的女儿，一个未来的母亲，一个可爱的阿姨，一个可爱的妹妹，一个爱笑的嫂子，一个世界上最好的妻子——集所有这些于一身的女人被我烧掉了。哈娜沉默地躺在木柴堆上，点燃后，我转过头去，没有勇气看我的爱人变成烟雾和火焰。

我喃喃地说："你的存在伤害了我。"

爱,把我们变得世俗

历经十七天的担忧、祈祷、痛苦和挣扎的洗礼,一切变得苍白无力。我不仅失去了妻子,也失去了信心。失去占满了内心,我对命运和神的愤怒在慢慢叠加。

家中每一件东西都提醒我想起她:房间里的小饰品、厨房用具、我的床、汽车、摩托……家里的每个角落、每样东西都充斥着哈娜的气息。我第一次在自己家里感觉不舒服,原本丰富多彩的生活变得只剩下黑白两色。每当我闭上眼睛,都觉得哈娜就站在面前。我开始越睡越多,整个公寓一片寂静,经常好几个小时没有一丝动静。再也没有嘈杂声,没有音乐,没有舞蹈,没人摆弄厨具,也没有笑话可以笑了。

心爱的人离开家,家中肯定会发生变化,有些变化显而易见属意料之中,有些则令人难以置信。

三天后，葬礼结束，大家决定把哈娜所有东西都送给姐姐波亚·迪。我留下了哈娜的所有旧衣服，也许是抱着有一天她会回来的疯狂想法。这个想法真是太疯狂了，但我仍有这种感觉。

我怕遗落重要东西就翻了哈娜的包，却发现了一些神像。就是它们！心中积压的怒火像火山一样爆发了。从那一刻起，我决定家里不再放神像，开始往外扔。

妈妈走到我身边，担心地问："索努，你在干什么？这些不是玩具。"

"对，它们不是玩具，是垃圾。"

"如果你不想要就给我吧。"妈妈说着把它们装进一个白色大塑料袋里。

她的话对我没产生任何影响，我又在哈娜的钱包里翻重要证件，在一个钱包中发现两张信用卡之间夹着一张相片，相片放在小塑料袋里。打开塑料袋，那是一个我不愿提及的有名的神像，我立刻把它扔掉了。

"索努，你为什么要扔掉这些东西？这是不尊重哈娜。"妈妈说，我瞪她，她又继续说，"你所谓的这些垃圾都属于哈娜，她买了它们并保存下来。"然后妈妈拉着我的手说："你从来不相信神。"

她的话令我震惊。我拿起那张画像放了回去，嘴里咕哝着："神啊，有时候你也应该向人类学习。昨天你把哈娜从这个美丽的世界带走，看吧，今天她救了你。如果不是她把你带到这里，你将漂在臭水沟中。"

我把所有宗教物品都给了妈妈,说:"妈妈,请把它们拿走。"

两个小时后,大家都走了,房间里只剩我和妈妈。她坐在床的另一边,手里拿着纱丽,我认出那是哈娜婚后第一次跟我回家时妈妈送给她的。妈妈把脸埋在纱丽里,放声大哭,不停地重复着几个词:"我的女儿,我的女儿……"

她情不自禁地抽泣起来,有那么一瞬间,我几乎觉得她是哈娜的妈妈,是一位为逝去的女儿而哭泣的妈妈。我无助地坐在那里,以前从未见过妈妈这么哭过。我绕过床向她走去,血液中充斥着沮丧和无助。我抱着妈妈,她在我怀里崩溃了。

"一切都会好的,妈妈。"我说,但她还是不停地抽泣,"妈妈,你哭什么?你又没失去任何人,你儿子还活着。"这是一句愚蠢的话,但当时没有什么话可以让她高兴起来。

"你怎么能说我什么都没失去呢?"妈妈仍然拥抱着我抽泣。

"妈妈,你失去什么了?"我傻笑,"她是一个卡亚斯塔女孩,你的婆罗门儿子还活着。"

这句话激怒了妈妈。她挣脱我的怀抱,愤怒地瞪着我,狠狠扇了我一巴掌。上次她扇我已是十年前的事了,然后,她对我喊起来:"你别侮辱她,她既不是卡亚斯塔,也不是婆罗门,她是我亲爱的儿媳。"

我被这句话感动了,抱着她哭了,爱把我们变得如此世俗。

代表哈娜

我依旧把自己关在家里,现在我和哈娜的关系是单向的,每天早上醒来我都对哈娜说"爱你""想你"。

数以百万计的想法每天在我的脑子里浮现,然而所有问题都没有答案。

我人生的目的是什么?接下来要干什么?我该怎样活下去?
大脑另一半试图回答这些问题。

世界各地不断打来吊唁电话,很快,我不再跟别人说话了。

一天晚上,差不多是风暴过后的第八天,我打开哈娜的脸书账户,发现了许多关于那个恶棍神的可恨信息:"神带走他最爱的人。愿神赐予你的家庭以力量。安息。"

每次读到有关神的内容心情都会被毁掉,我退出哈娜的账户,登录自己的账户,又一次发现与这个恶棍有关的大量蹩脚的同情信息。那天我意识到，当一个伤口太大时，这种信息治愈不了你，没什么能终结我内心的混乱。几分钟后，我收到了IERT一个朋友的信。

亲爱的阿杰：

　　悉闻你遭遇这场悲剧，既震惊又难过。哈娜是一块瑰宝，我知道这个损失无法弥补，但希望你能找到力量，坚强地与生活搏斗。

　　这是一个艰难时期，我会祈求神赐予你足够的力量坚持下去。我知道你的感受，伴侣激励我们，是我们最强大的力量，但命运自有安排。

　　你在生活中拥有过哈娜是多么的幸运！她的确是一颗星星，总是令周围的人快乐。珍惜你们一起度过的时光，坚强起来，做她父母的后盾，做她喜欢的事情，完成她所有未尽的责任和未实现的愿望，你会拥有一种神奇的满足感。

　　我将永远为你祈祷，也会想念哈娜，因为爱她，我会永远怀念她。

　　保重，阿杰，如需任何帮助请告诉我。

尼哈

这封信把我带入了一个不同的世界。

做她父母的后盾,做她喜欢的事情。完成她所有未尽的责任和未实现的愿望,你会发现一种神奇的满足感。

尼哈写这封信也许只是为了安慰我,但这是到目前为止我收到的最棒的安慰——这些话给了我活下去的理由。

是的,我必须完成她所有未尽的责任和未实现的愿望。但她未尽的责任是什么呢?她希望成为母亲,可无法实现这个愿望。我的大脑开始加班加点,寻找实现她未完成目标的最佳方法。

我找到了答案。我要照顾她的父母,尤其是她妈妈,原本有两个孩子,其中一个中途离开了,现在是她生活中最艰难的时刻。

我对我的哈娜说:"哈娜,现在我所做的一切都是为了你。"

我直接翻到她 Facebook 主页的右上角,发现有一个生日提醒。我找到过生日女孩的资料,并把下面这句话贴到她的时间表上:"代表哈娜祝你生日快乐。"

两个心碎的人，一个完整的承诺

怎么才能让别人开心呢？我一直想给哈娜妈妈打电话，尽管反复琢磨，但给一位刚刚失去女儿的母亲打电话仍是件棘手之事。

然而我还是拿起了手机，正要拨号，脑子里又蹦出问题。

我应该说什么？说什么才能让她好受些呢？我说什么才能治愈她的创伤呢？我该怎么安慰她？

我在大脑里和自己进行一场疯狂的讨论。也许我不知道说什么好，但现在却搞清楚了几件事：我不会说我们无能为力，不会说神希望我们勇敢，也不会说这是注定的。我拿着电话，鼓起勇气，一个心碎的丈夫拨通了一位心碎母亲的电话。

"你好，妈妈，合十礼。"

"阿杰！高兴起来。"

"妈妈，你好吗？"

"和你一样。"她说。

"我很好。"

"如果你没事，那我也完全没事。"她说。

我停顿了几秒钟，说："妈妈，你得走出来。波亚姐姐告诉我，你不和任何人说话。"她沉默了一会儿，我继续说，"妈妈，我们都很伤心，无法控制自己。"

我没有运用任何逻辑去跟她讲道理，不想以称颂神是伟大的方式说神可能有一个伟大的计划。我拒绝把自己置于某种毫无意义的力量支配之下。

"这需要一些时间，孩子，我会慢慢学着接受这个事实。"她说。

"妈妈，你现在的样子不仅仅是慢，而是最慢的处理情感的方式。"我温和地抗议。

"哈娜以前每天都跟我说话。我在尝试寻找方向，但只要一闲下来就想她……"哈娜妈妈泣不成声。

"不用担心空虚，妈妈。现在我每天会陪你说话。"我在心里说。

"妈妈，别担心，过一段时间我们都会习惯，给自己找点儿事做。"我建议，"也许可以参加一些社交活动，如果你忙于他人的福祉，自己肯定也会感到幸福。"

"我们决定每月四号给孤儿院捐一顿饭。"哈娜妈妈的话让我想起哈娜是如何庆祝我们结婚一个月的。

"我给你讲讲八月四号我们结婚一个月纪念日的美好回忆。哈娜买了一块蛋糕庆祝，我被吓了一跳，问她：'夫人，你打算每月都庆祝一次吗？'"

我详细地讲述着甜蜜的回忆，眼泪开始往下掉，不得不停下来掩饰声音中的痛苦。

哈娜妈妈回答说："她选了七月四号结婚，神选择十二月四号把她带走。"听了这话，我更恨神了。

"忘记神和命运吧，妈妈。就像剥洋葱，剥得越多眼泪就越多，却什么也得不到。不知道为什么这种事会发生在我们身上，但当事情超出控制时，我们不应该想太多。现在告诉我，打算什么时候来德里？"我转换了话题。

"不，我不去德里。"

"我能理解。"

"但你可以来赖普尔。"她轻声抽泣。

"妈妈，别担心，我很快就过去。"

"阿杰，我们不要断了联系。"

"妈妈，我没听懂你的话。"

"你永远是我的女婿。"

"妈妈，你在说什么？"

我想让她相信我没有这种打算，但她又补充道："不要结束我们的关系，阿杰，这个关系是通过她建立起来的。"

"我怎么能结束她创造的东西呢？"

从那天起，我开始每天给哈娜妈妈打电话，有时候我不是天天给自己妈妈打电话，但从没落下给岳母的电话。胡里节时，我订了一张到赖普尔的票。只身一人去妻子的家令人心碎，但我是代妻子去的。

每天清晨，黎明前我就会醒来，精疲力竭，大脑却格外清醒，闭眼想将来那些数不清的没有她的日子。

我决定十天后复职。去上班的第一天，准备开车时，眼睛盯向阳台，当意识到不再有那个向我飞吻的人时，眼泪又掉了下来。死亡也许已经吞噬了她的躯体，但她的灵魂却一直陪伴着我。我开车兜风时，她依然坐在旁边的座位上；晚上她陪我散步；看结局悲惨的浪漫电影时，她和我一起吃爆米花，陪我掉眼泪。有时我想知道为什么我不发生意外，这样就可以进入她的世界。接着，我又想到她父母对于她的离去是多么的痛不欲生，而如果我发生了什么事，我的父母也会遭遇同样的不幸。

钱包里还放着她剪男生短发时的照片。每天我都对着照片说话，她仍然微笑，好像在说："潘德吉，换一张照片。我现在留长发了。"

每当我看到情侣手拉手走路时，就会想起再也没人牵我的手了。所有关于妻子的有趣信息对我来说都不再有趣。有几天我大声放音乐,闭着眼睛关上灯,感觉像是自己在和她跳舞。我的心在跳舞,嘴唇在微笑,眼睛却在流泪。

在我面对孤独、痛苦和烦恼时,有两个朋友自始至终未离开我。一个是盥洗室镜子,它敢于面对我愚蠢的问题,是唯一见证我流泪和沮丧的朋友。第二个朋友是她的天鹅绒枕头,我把它当成是哈娜,每天晚上抱着枕头谈论白天发生的事情,真希望枕头能有所回应。

以屏住呼吸的时刻来丈量生命

哈娜妈妈打电话时哭了,可我无法安慰她,感到很无助。挂断电话后,我把自己埋在被子里,闭上眼睛开始和哈娜说话。

哈娜,怎么做能帮你?我不会向命运或神低头认输,我要斗争下去。哈娜,告诉我该怎么做?

我开始阅读印度教经文《吉塔》,但从中只学到两点:第一,灵魂是不朽的,哈娜会重生。我喜欢这点,但转瞬又发现上面说人类无助,一切都是神根据前世因果预先设定好的。从此我讨厌这本书,不想再读了。

我又去看珊卡·斯力·斯力·拉唯[1]、斯瓦米·韦委卡南

---

[1] 亦称作古儒吉,印度宗教领袖。他的冥想术在全世界140多个国家流传甚广。

达[1]、罗宾·夏玛[2]等人的励志片,但都无法鼓励我。

胡里节快到了,我要去看哈娜的爸妈。我把哈娜所有的视频单独备份在一块硬盘上,现在这些对我来说是无价之宝。我播放了哈娜生前最后一个视频,是她在我们结婚两周年纪念日那天做的。我注意到一张在克什米尔达尔湖上乘船的照片,想起哈娜当时对于自己人生观的理解,感到很有力量。

胡里节

印度庆祝胡里节的最佳场所一般是妻子的娘家,但若没有心爱人陪伴,快乐的节日毫无意义。我一进屋就看见墙上挂着一幅大拼贴画,上面是哈娜从童年到婚后的照片,拼画顶部有一句话:

最亲爱的孩子,你将永远住在我们心中。

家中每个地方每件物品,多多少少都有一种属于她的感觉,

---

[1] 或译作辨喜(1863—1902),印度近代哲学家,社会活动家,印度教改革家。
[2] 1965年生于加拿大,领导学领域的世界级顶尖专家。著有《你喜欢怎样的自己:活出痛快人生的夏玛法则》《发现自我,一个晚上的人生功课:自我觉醒的七段旅程》等作品。

现在妻子的娘家成了一个伤心地。晚上，我和哈娜爸妈聊天。

"爸爸，我想给你们看样东西。"

"什么东西？"哈娜爸爸问。

"哈娜制作的一段视频，是我们结婚纪念日的礼物。"

大家面无表情，因为负责我们表情的人已经不在了。播放那段视频时我特意把灯关上然后躺到他们身旁，我知道接下来将会发生什么。

伴随着背景音乐，视频开始了，闪现的标题是："珍惜阿杰和哈娜的人生之旅。"

视频以蒙太奇的方式一张接一张地播放着照片，哈娜收集了我们最好的照片制作这段视频。房间里只有哈娜和我在摇摆唱歌，她无形地存在着。所有照片都选自我们大学生活的最美瞬间：她主持的活动、我的模仿秀、比娜和其他朋友、生日照、西姆拉的降雪、克什米尔的蜜月、我们最喜欢的地方、女人节[1]和我们的结婚照，全都出现在屏幕上。

这段五分钟视频结束时，屏幕上出现一行字：

　　永远属于你……充满爱，哈娜

---

[1] 印度教的传统节日，于10月27日举行，以庆祝夫妻之间的虔诚。在"女人节"期间，印度教妇女都要进行斋戒，为自己的丈夫祈福，表现自己的忠诚，只有到了晚上在丈夫手中的水杯里看到月亮才算结束。

看完视频后，我打开灯。不用说，大家都哭了。真是讽刺，七个月前，这段视频还是让我微笑的理由。哈娜妈妈起身往洗手间走，我拦住去路拥抱她。大家再也绷不住，放声痛哭起来，这让我松了一口气。哈娜爸爸也忍不住去了另一个房间。

"妈妈，不要忍着眼泪，越哭越轻松，能减轻悲伤和痛苦。当我们克制自己不哭时，其实心理压力在加大，眼泪流出来能释放压力。"我仿佛是个哲学家。

哈娜妈妈又抽泣了一会儿，然后安静下来。

"妈妈，但如果你把哭泣变成一辈子的事，眼泪就帮不了多大忙。"我试图开个玩笑。

"我不想哭，孩子，可一想到女儿的生命这么短暂，无法享受生活时，我的心都碎了……"说着她又抽泣起来。

"谁说你女儿生活不好无法享受生活？"我松开怀抱，"现在我要告诉你一些你女儿说过的话。"

我继续说："告诉我你生命中最美好的时刻。比如结婚时、生第一个孩子时、爸爸升职时，你们买第一辆车时，或者类似事情。"

"我不明白，孩子。"她说。

"在你生命中能记起多少难忘的时刻？"我一脸严肃地问。

"我活得很艰难，阿杰，没有多少美好的回忆。"她说。

"妈妈，活了六十年，你甚至不曾拥有美好时刻，可我要是问你一生中有多少伤心时刻，你也许能说上一个世纪。如果有人问哈娜这个问题,她会说她一生中有一百多个快乐时刻和几个糟糕的时刻。

"妈妈,她在世的时间虽短,但生命的长度不是按时间计算的。她一生都在珍惜视频和每张照片上的这种美好瞬间,以及更多她没记下的类似时刻。妈妈,体会一下,生命不是由我们的呼吸次数来丈量的,而是取决于我们屏住呼吸的那些时刻。

"生命是一场旅行,出生后我们总有一天会死去。有人庆祝银婚,有人庆祝金婚,有人可能活一个世纪,但生命不能以活着的年头来衡量,重要的是生命的质量而不是生命的长短。"

她默不作声,听我说完后却如释重负:"我生命中唯一的安慰是我的女儿很幸福。"

"大家会记住你的女儿,因为她永远是最幸福的人,她也给别人带来幸福。"我叹了口气,"我想让她妈妈像她一样快乐。"

哈娜妈妈又抱着我哭了。然后,她微笑地点了点头。

刚才那几分钟我一直在忍着眼泪,喉咙哽咽发干。这时我走进洗手间,为免砖墙外听见抽泣声,我打开水龙头借流水声掩盖。站在镜子前,双臂交叉环抱胸前,想象是哈娜在抱着我。我闭着眼睛哭,不停地沮丧喃喃自语:"我一个人做不来所有这些事,你为什么这样丢下我不管?想你……"

可每次哭的时候,总能听见一个甜美的声音在说:"爱你,阿杰。你是最好的丈夫。"

为正确的理由做正确的事

我的人生目标是什么?我为什么赚钱?幸福的真正源泉是什么?我应该赚更多钱吗?为谁赚?生活充满不确定性,如果我明天死了怎么办?剩下的钱怎么办?为什么这一切发生在她这样的人身上?

这些问题困扰着我。我对工作和金钱失去了兴趣,并得出结论——真正的幸福永远和财富无关。我开始寻找生活的真正目的。

胡里节之后,又过了几个星期,我从诺伊达搬到英迪拉普兰,希望新地方可以带来新记忆,远离痛苦的回忆。旧餐具又被取出来,我重返单身生活,和两个室友合住一套公寓。那时妈妈已经回到汉德讷格尔,我又孤身一人了。朋友们现在几乎都结了婚,他们虽然同情我,但能陪伴的时间有限。以前,即使一个小小的成就也会令我高兴,但现在小麻烦就能吓着我。

我仍在寻找幸福快乐的源泉,坚信只有自己快乐才能给别人带来快乐,所以有义务让自己快乐起来。

一天,我开车去康诺特广场[1]。这是普通的一天,德里又湿又热。在十字路口等红灯时,看到右侧有一个中年男人在骑自行车,后面带着两个小男孩,大的约五岁,小的两岁左右。骑自行车的应该是两个孩子的父亲,为了防止孩子们从后座摔下去,他用一根小绳把他们绑住。我转头冲孩子们笑笑,但没有回应,打开窗户挥手想引起他们的注意,大男孩微笑着也挥了挥手,小男孩还是没注意到我。

交通信号灯计时器现在是 72 秒,正倒计时转绿灯。我不清楚自己为什么就想看到那个小男孩笑。起初,想给他一些硬币,但硬币对孩子们没用,还可能侮辱他们的父亲。我开始找其他东西,但四下看了看,什么也没找到。

计时器显示还剩 31 秒。我打开汽车杂物箱翻了翻,找到一盒曼妥思糖果。我很惊讶,琢磨着这是哪儿来的。后来我记起是南胡给的,让我带给他阿姨。我毫不犹豫地把盒子递给那个小男孩。两个孩子看上去都非常高兴。这时,绿灯亮了,我切换挡位。小男孩笑着挥了挥手,大男孩跟着挥手,我冲他们也挥了挥手。

我笑了笑,有种失重感,好像踩在月球上。在经历了六个月

---

[1] 新德里的中心点,商业、旅游与交通中心。

的痛苦、伤心和泪水之后,这是我的灵魂第一次感到快乐,血管里充满了喜悦,我断定这一定是发自内心真正的幸福。经过长时间寻找积极生活的合理理由后,我终于从两个孩子那里得到了生命中最有意义的一课。对我来说,他们是真正的励志大师。

眼泪顺着脸颊滑落,我默默地说:"我找到了,哈娜。生活中真正的幸福在于帮助别人。"

我开始在谷歌上寻找非政府组织,在那里我可以把时间花在别人身上,这能带给我快乐。一个偶然的机会,我发现了一家孤儿院,然后点击网站上的"联系我们"。

这家孤儿院在西克里帕,离我办公室很近。我拨通那个号码,说:"你好,我是阿杰。我想为学生们奉献一些时间。"

"你可以下午4点至6点随时过来。"电话那头的女士说。

到了西克里帕,我才意识到以前上百次路过这里,但却从未注意过。我见到了那里的一个员工,她叫西玛。

"你好,先生,是想捐点儿什么吗?"她问。

"我没有钱,但有很多时间。我能给他们我的时间吗?"

"当然,你可以奉献时间,给孩子们辅导作业或英语语法。"

"谢谢,西玛。学生在哪里呢?"

西玛带我去了一个开阔的园子,那里与一条大污水渠相连,散发着一股臭味。墙很破旧,上面挂着很多公司的海报,也许他们是想告诉大家自己的组织有社会责任感。大约20个孩子正在地上玩耍，一些学生在老师的指导下分组学习。我想我将成为这些老师中的一员。

"西玛，这些孩子都是孤儿吗？"

"是的，全部都是。"她严肃地说，"这个一岁小女孩是在诺伊达市中心的垃圾箱里被发现的。"她的话令我震惊。

"这是妮娜，她的父母死于癌症。这里每个人都有故事。"

眼眶里有泪水涌出，但被克制住了。我问道："你呢？你是工作还是……"

"我是他们中的一员。"她说。暴风雨向大脑袭来，我麻木了一下。这时，西玛喊道："苏拉杰、尼哈，到这儿来。"

两个孩子朝她走来。

"说'您好'！"她命令道。

"您好，叔叔。"一个说。

另一个说："你好，兄弟。"

我笑了笑，开始寻找我的幸福："孩子们，你们好，我是你们的新老师。"

"阿杰会给你们辅导英语作业。"西玛说。

我在心里默念："可怜的孩子们，你们遇到可怕的老师了。"

"打开书包。今天的作业是什么？"西玛带着威严问。

两人打开了作业本。苏拉杰有点儿生气，有的孩子在玩，他急切地想参与进去。

"兄弟，你每天都来吗？"苏拉杰担心地问。

"苏拉杰,我要告诉妈妈。"尼哈瞪着苏拉杰。

"妈妈?"我惊讶地叫道。孤儿怎么会有妈妈呢?

"拉吉戈帕妈妈。"他回答,可我还是不明白。

"尼哈,让他问吧。"我对尼哈说。

"苏拉杰,你是想和他们一起玩吗?"我逗他。

"不是的,兄弟。一般人都是来这儿几个星期感到无聊就走了,所以我不知道该打开哪本书。"

他的话仿佛一记耳光,给我留下无数个没有得到答案的问题。

"别担心,苏拉杰,我只周末来。"我说。

"好吧,兄弟。"

我的话让他放了心。

"尼哈、苏拉杰,你们现在和其他人一起去玩吧,我下周末再来。"

"谢谢,兄弟。"他们异口同声地说完就跑了。为了解除疑惑,我直接去找西玛。

"西玛,你说这些孩子都很特殊,但我发现他们称某人'妈妈'。"

"他们把我们这里的主管拉吉戈帕尔基叫妈妈。"

"所有孩子都叫她'妈妈'?"我惊讶地问。

"是的,包括我和其他工作人员。她是我们唯一的母亲。"她说。

"那她自己的家庭呢？她自己的孩子和丈夫呢？"

"她五十多岁，单身，一生都献给了这些孩子。"西玛的话令我再度震惊。

"她没有孩子，但现在她是六十个孩子的母亲。"我咕哝着说。

"你想见她吗？"她问。

"不，今天不了，也许下周末。"

"你每个周末都来吗？"她笑了。

我明白她为什么问这种问题，我也笑着说："也许吧。"

"抱歉这样问你，但为什么要把时间给我们呢？"

"这里每个人都有故事，总有一天你也会了解我的故事。"

我发动汽车，向英迪拉普兰驶去，一路上沉默不语，内心却在翻滚。

我对所失去的痛不欲生，可这些孩子在失去所有之后是怎么快乐起来的呢？如果他们能笑，为什么我不能？她又是怎样把自己一生献给他们的？这种人存在吗？你真是个白痴，生活给了你一切，但你却总是作弊。

我对无处不在的至爱说："哈娜，今天我也找到了人性和神的殿堂。我相信这个神比你虚构的那个要好。我要写出我的故事，而且无论挣多少钱，我都要把它捐给这样的圣殿。或许，我也会为人类创建一座这样的殿堂。我对这些孩子的爱胜过对神的恨。现在，让我们因为正确的理由开始做正确的事情。"

我可以宽恕，但永不投降

我在脸书上发现了这个故事：一只母老虎因为早产失去幼崽，不久后变得沮丧，健康状况下降，后来被诊断患有抑郁症。老虎濒临灭绝，人们竭尽全力帮助它恢复健康，动物学家用带有老虎图案的布料乔装小猪送给虎妈妈。现在，虎妈妈很喜欢这些小猪，把它们当成自己的孩子，不用说，虎妈妈已恢复了健康。是的，我们都有感情。

我开始写自己的故事，一个关于爱情和幸福的故事，正是你们现在读到的这个。我意识到自己曾经拥有幸福的生活，而那些幸福和挣扎的时刻也让我明白，自己不是世上唯一不幸的人。我和哈娜所珍视的每一刻都回来了，写作的时候，有时我会笑会哭，这种感觉仿佛是与深爱的妻子重新又在一起了。现在我对自己的命运有了不同的看法，也许我失去了生命中最美丽的人，但是和她在一起的九年感觉如同九个世纪。

我对生活的看法变得积极起来，但我对神的愤怒和轻慢仍在继续增加。

哈娜妈妈的生日快到了，是九月十四日。

我正计划完成妻子未完成的任务。

我买了一件纱丽作为生日礼物。心碎时无论生日还是庆祝都没意义，但我坚定地要恪守这个传统，因为这是哈娜发起的。

我把纱丽快递到赖普尔，内附一封信：

妈妈：

虽然不能拥抱和亲吻你，但我在德里有代理人，每个节日他都会代我为你送上礼物和祝福。

每当看到你们为我而哭泣，我很受伤。你知道，我在这里时很开心，是最年轻最漂亮的一个，大家都嫉妒我。

现在，我想要你回赠礼物，知道你不会拒绝。

世间有两种性格：有些人什么都有却仍然抱怨，仿佛一无所有；有些人失去了一切，却活得好像生活赋予了他们全部。我知道你属于第二种。

尽情享受生活，让别人嫉妒你仍然活着，并以此激励自己继续活下去，给他们一个震撼。

祝你生日快乐，妈妈。

如果潘德吉准时把这件纱丽送到,你就在生日那天穿上吧。

你亲爱的女儿

哈娜

九月十三日,哈娜妈妈生日前一天,我的电话响了,来电显示是哈娜妈妈。

"你好,妈妈。"

"谢谢,孩子。我收到了快递,谢谢你送的纱丽。"她哽咽道。

"哦,对不起,妈妈,我的礼物……"

她打断我的话:"不必道歉,我的儿子。"听到她叫"儿子",我很感动,"我很幸运,有个像她这样的女儿。"

"我知道,妈妈。"

哈娜妈妈叹了口气:"对父母来说,女儿走在前头是最糟糕的事,我们只能眼睁睁地看着这一切发生。也许我的生活很艰难,但这并不是我的唯一。得神眷顾,我有两个漂亮女儿,我们照顾养育她们,把她们当儿子一样培养。今天我可以自豪地说,如果谁拥有像她这样的女儿,那就不需要儿子。"我默不作声,感觉心都碎了。

"看看她做了什么,中途离开我们,但……"哈娜妈妈又叹了口气,"……现在,我觉得又有了个儿子,这是我的福气。"

我不知道她是不是那只母老虎,但我一直想当那只小猪。哈娜妈妈给了我一生中最好的赞美之词——失去女儿的母亲把我当作她的儿子。我的心碎了,泪水涌出眼眶,喉咙紧得窒息。我失声了,但又不想在她面前放声大哭,费了好大的劲儿才说:"妈妈,办公室来电话了,我一会儿再打给你。"

我挂断电话,径直走到洗手间大哭起来。两分钟后,我擦了擦眼泪,往脸上泼了把水,又喝了一杯水。虽然仍感到窒息,但得给哈娜妈妈回电话,否则她会猜到我哭了。

我把电话打了回去:"你好,妈妈。"

"公事处理好了吗?"

"是的。"

"你撒谎。别隐藏眼泪,孩子。"我笑了,但没说话,"你应该从生活中得到更多,我们祝福你。我们不想看到你哭,就像你不喜欢我们哭一样。"

"我很高兴,现在有两个妈妈了。"我清了清嗓子说。

"当原谅所有人时,你会更快乐。我们生气时给自己背上了沉重的负担。"

"我已经原谅了所有人。咬她的虫子、医生、我的命运、每个人,包括我自己。"我低声说。

"神呢?你原谅他了吗?"

"我永远不会原谅神,他再也得不到我的尊重。"我坚定地说。

"儿子，宽恕是强者的品质。原谅神并向他证明，有时候人类比他强大。"

"他对我来说什么都不是。"我愤怒地说。

"原谅别人，不是因为他们值得原谅，而是因为你需要得到宁静。"

"不，妈妈，他带走了我生命中最美丽的礼物。"

"如果他要为你的失去负责，那么哈娜也是他带入你生命的。"哈娜妈妈叹了口气，她的话令我深思，"原谅神带给你的一切。"

几秒钟后，我说："妈妈，我试试。"

"我还有一个请求。已经差不多一年了，你得往前看，必须再结婚。"

"人们会笑话的，岳母要求女婿再婚。"我开玩笑说。

"我不再是你的岳母，法律上我们没有关系了。"

"你知道，现在每个人都在谈论这件事。"

"所有这些人都爱你。"

"我知道，但今天不说这个了。"

"好吧，再见，儿子。"

"再见，妈妈。"我们挂了电话。

打完电话后我很想哭，于是关上房门，拉上窗帘。这是一个阴天，但对我来说雨已经下了好几分钟。我打开电视，调高音量，以免引起室友的注意。躺到床上时，电视机里有歌声响起，我陷入了沉思。

生活怎么会给我一个如此美好的伴侣和那么多美妙的时刻呢？西克里帕的孤儿们没有妈妈是多么的不幸，而我却有两个妈妈。在过去的九年半时间里，我和那个充满爱心的灵魂一起经历了多么美好的生活和多么不平凡的旅程！

我一生都在计较失去什么，但那一刻却意识到了自己曾经拥有什么。

哈娜的手机响了一声，提示收到一条短信，但我仍然沉浸在痛苦之中。

"神，你不值得我生气。今天我原谅你不是因为你做的坏事，而是因为你曾给予我美好。但你不会赢得我的尊重，再也没有尊重了，谢谢。现在我们扯平了。"

我感到轻松愉快，但泪水仍然涌出。

我拿起哈娜的手机。哈娜 CSC 的朋友索娜尔发来一条信息："哈娜，这么给你发短信有点儿唐突，只是想告诉你我怀孕了，希望能跟你聊聊关于孩子的话题。想你。"

"孩子"这个词现在刺痛了我。

我打开衣橱，找到哈娜的披肩躺到床上。披肩上依然有她的味道，我把披肩盖在身上，抱着枕头哭起来。当我们打算放弃的时候，会有一个声音从内心深处响起，是爱你的人的声音。

一个声音在我心里说："阿杰，你不能这样投降。"

我喃喃道："我不会的。"

另外一个念头也冒了出来："无论我是否与你在一起，如果你失去了对生活的兴趣，那就开始为别人而活。"

一个恋爱中的人怎么会自暴自弃呢？我不会投降，我要战斗，一直战斗到最后。为我自己，为我的家人，为她的家人，为其他人，最重要的是为了哈娜。

我开始对神说话："神啊，帮我最后一个忙，如果你答应，也许我会重新尊重你。假如我有生之年再婚，有幸得到孩子，我希望先有一个女儿。她要有漂亮的眼睛，带酒窝的脸颊，染色的头发，还有……还有哈娜的灵魂。"我闭上眼睛，像个孩子一样讨价还价，"即使你没有给我这些东西，只要把哈娜的灵魂以我女儿的形式还给我就行了。请给我哈娜，把我的哈娜还给我……我不会投降……"我泪流满面地祈祷着。

但我那狡猾的头脑突然产生了一个疑问："潘迪先生，你怎么能认出她来？你怎么知道你的孩子就是哈娜呢？"

这让我想起了那次把她拉到我的腿上，像玩洋娃娃似的逗她时曾说过的话。尽管脸上还有泪痕，但我还是笑了。痛苦千万种，最难过的莫过于笑着流泪。

我肯定地说："我会认出我的哈娜，神，我会的。每当我说'我爱你，我的女儿'时，她都会微笑着回答：'我也爱你，你是最好的父亲。'"

哈娜·普拉丹，生于1983年11月8日。

2010年7月4日成为哈娜·潘迪。

永远活在我们心中。

爱你，哈娜。你是最好的妻子。

致谢：哈娜的话

一个女人嫁给了阿杰这样疯狂的丈夫，怎么可能安息呢？不过，还是要感谢潘德吉给我机会在这里写点儿什么。

我没有足够时间履行我的责任，感谢众多出现在我生命不同阶段的好心人。

感谢令我童年快乐难忘的儿时可爱好友斯瓦蒂、塔伦和巴蒂，和你们在一起成长的时光永远值得怀念。

衷心感谢比娜、尼哈、乌玛目、阿克沙塔、尼哈里卡、安苏尔、阿希什、迪潘德拉、阿尔温德和高拉夫，爱你们，你们令我的大学生活在各方面都富有成果和意义。

索娜尔、希埃尔、萨钦、马扬克、阿希什、拉什米、纳米塔、什维塔、苏地尔、兰贾尼、尼维、拉雅、哈曼和西姆兰，谢谢你们，同时向我在 CSC 和萨蒂扬的朋友以及所有为我最后的治疗捐献血小板的人致以崇高的敬意。我亏欠你们太多，对于你们的好意我感激不尽。

要感谢的人很多，以我的记忆力水平肯定是漏掉了一些重要的名字，向被漏掉的所有人致歉。

特别感谢我的母校 IERT，给了我生命中无数难忘的时刻。

感谢所有给了我最微不足道理由微笑的人，对此我甚至有一个更长的名单，但此刻不是在写书或论文，这是我饱含情感的人生。

感谢 HCL 和 CSC 为我最后治疗所提供的经济资助。

感谢安恰尔·坎塔利亚从最初的文稿编辑直至出版过程中的付出，没有你就没有这本书。

感谢卡尼希卡和他的"作者部落"团队对内文的打磨。

感谢斯里斯蒂出版公司提供机会让我说出自己的故事。

感谢安基特·伯恩和乌代·雅德拉为本书所做的贡献。

亲爱的朋友们，如果我的丈夫在本书中伤害了任何人，我代他道歉，他不是故意的。他向我保证，本书所获经济收益尽将用于慈善事业，但无法理解的是，像他这样的吝啬鬼怎么会这样做。

阿杰写这本书有一个疯狂的理由，他说，"我想让你不朽"，其实我确信自己会活在许多人心中。我知道故事结局悲伤，但请别看它的消极部分。人生是一场旅行，我们一出生就踏上了旅程，最终到达目的地。这个故事就是我的人生旅程，它也许不长，但很有意义。我一生中有两个最大的愿望，一是嫁给阿杰，二是能有个孩子。我可能还不够幸运，无法成为母亲，但我喜欢像母亲一样陪伴南胡，感谢波亚·迪带给我们如此可爱的孩子。

我是一个无怨无悔、没有敌人的女人，拥有很多朋友和一个充满爱的家。有了这些，还能向生活索要什么呢？我可以说自己经历了一次高质量的人生旅行，这可是数十亿人梦寐以求的呢。

我写这篇冗长的讲稿只有一个原因：不要把我当成悲剧女主角，请记住这样的我：虽然在世时间不长，但生命中的美好时刻不计其数。所有认同这种生活态度的人，我将心存感激："爱你们，你们是最好的读者。"

哈娜永远属于你们。